光文社文庫

文庫オリジナル／長編青春ミステリー

栗色のスカーフ

赤川次郎

光 文 社

『栗色のスカーフ』目次

●主な登場人物のプロフィールと、これまでの歩み

第一作『若草色のポシェット』以来、登場人物たちは、一年一作の刊行ペースと同じく、一年ずつリアルタイムで年齢を重ねてきました。

杉原爽香……四十三歳。中学三年生の時、同級生が殺される事件に巻き込まれて以来、様々な事件に遭遇。大学を卒業した半年後、殺人事件の容疑者として追われていた明男を無実と信じてかくまうが、真犯人であることを知り自首させる。二十七歳の時、明男と結婚。九年後、長女・**珠実**が誕生。仕事では、高齢者用ケアマンション〈Pハウス〉から、**田端将夫**が社長を務める〈G興産〉に移り、老人ホーム〈レインボー・ハウス〉を手掛けた。その他にもカルチャースクール再建、都市開発プロジェクトなど、様々な事業に取り組む。

杉原明男……旧姓・丹羽。中学、高校、大学を通じて爽香と同級生だった。大学時代に大学教授夫人を殺めて服役。その後〈N運送〉の勤務を経て、現在は小学校のスクールバスの運転手を務める。女生徒の母・**大宅栄子**に思いを寄せられている。

杉原充夫（みつお）……借金や不倫など、爽香に迷惑を掛けっぱなしの兄。七年前脳出血で倒れ、現在もリハビリ中。母・**真江**（まさえ）ら家族とともに実家に同居していたが、一昨年、妻・**則子**（のりこ）が肝臓ガンのため逝去する。

杉原涼（りょう）……杉原充夫、則子の長男。大学生。有能な社会人の姉・**綾香**（あやか）と高校生の妹・**瞳**（ひとみ）と同居している。大学の写真部で知り合った**岩元なごみ**（いわもと）と交際中。

浜田今日子（はまだきょうこ）……爽香の同級生で親友。美人で奔放（ほんぽう）。成績優秀で医師に。六年前に出産。

栗崎英子（くりさきひでこ）……往年の大スター女優。十九年前〈Pハウス〉に入居して爽香と知り合う。その翌年、映画界に復帰。

リン・山崎（やまざき）……爽香が手掛けたカルチャースクールのパンフレットの表紙イラストを制作。爽香とは小学校時代の同級生。爽香をモデルにした裸婦画を描いた。三年前、明男に恋をしていた三宅舞（みやけまい）と結婚。その後、一児をもうける。

中川満（なかがわみつる）……爽香に好意を寄せる殺し屋。

松下（まつした）……元々は借金の取り立て屋だったが、現在は〈消息屋〉を名乗り、世の中の裏事情に精通する男。爽香のことを絶えず気にかけており、事あるごとに救いの手を差しのべる。

——杉原爽香、四十三歳の秋

1　出発

「もう仕度(したく)はすんだの？」

母の言葉に、かんなは、

「うん」

と答えて、我に返った。

「忘れ物しないで」

「大丈夫だよ」

淡口(あわぐち)かんなは母に言った。「まだ早過ぎるくらい」

「でも、成田(なりた)までは遠いわよ」

「うん、もう出かける」

かんなは自分の部屋を出た。

「パスポートは？　カードは持った？」

母、淡口時枝(ときえ)が、かんなを追いかけるようについて来る。

「かんな」

「何、お母さん？」

「お父さんから――伝えてくれって」

「何だって？」

「向うに着いたら、まず写真を撮って送れって」

「分った」

と、かんなは笑って言った。「さ、もう行くね」

キャスターの付いた大型のスーツケースはもう玄関に置かれていた。

高校生になったかんなは、ドイツに留学することになったのである。

「タクシーで行けば？」

「電車の方が確かだよ」

「でも、重いでしょ、それ」

「大丈夫。これくらい一人で持てる」

「じゃあ……。気を付けてね」

かんなは靴をはいて、

「お母さん、ここでいいから」

と言った。

「え？　でも……」

「もう子供じゃないんだから。——じゃ、行って来ます」

かんなは玄関のドアを開けて、スーツケースを表に出すと、ガラガラと引張って歩き出した。

玄関のドアが開いて、時枝が、

「気を付けてね！」

と呼びかけた。「行ってらっしゃい！」

かんなはちょっと振り返って手を振った。

年中旅行に出ていて家にいない母だが、さすがに心配らしい。かんなは、そんな母のことがちょっと可愛く思えた……。

駅まで、スーツケースを引いて十五分ほど。

駅のホームへ階段を上るときは、さすがにスーツケースが重くて、ちょっと息を切らした。

昼間なので、ホームも人は少ない。

さあ……。ドイツだ！

ケータイが鳴った。バッグから取り出して、

「もしもし」

「かんなちゃん？　杉原爽香です」

いつもの明るい声が聞こえて来た。

「あ、どうも」

「今日、ドイツに出発よね」

「ええ、そうです。今、成田に行くんで、電車を待ってるところ」

「あ、それじゃ話してられないわね。お見送りに行けるといいんだけど、ごめんなさい」

「とんでもないです！　今日出発って、よく憶えてて下さって……」

「優秀なメモ用紙がいるからね、久保坂あやめっていう」

電話の向うで、

「人を紙扱いしないで下さい！」

と、あやめが文句を言っているのが聞こえて、かんなは笑ってしまった。

――あの怖かった出来事からずいぶんたった。

でも、杉原爽香、久保坂あやめ、岩元なごみ……。みんな、忘れないでメールや手紙をくれる。

爽香さんも忙しいだろうに、こうしてかんなの出発の日まで憶えていてくれる。

「色々お世話になりました」

と、かんなは言った。「ご親切は忘れません」

「ドイツで落ちついたら、連絡ちょうだいね」

と、爽香が言うと、

「かんなちゃん」

と、あやめが割り込んで、「チーフと係ってると、向うでも危い目に遭うわよ」

「こら！　人のことを……」

かんなは、楽しかったが、

「あ、電車が来ますから。それじゃ……」

「行ってらっしゃい。気を付けて」

と、爽香は言った。

「はい。行って来ます」

かんなはしっかりした口調で言って、通話を切った。

電車がホームに入って来る。かんなはちょっと胸を張って、大きく息を吸い込んだ……。

「いい子ですね」

と、久保坂あやめが言った。

「本当にね。うちの珠実ちゃんも、留学したいとか言い出すのかしら」

と、爽香が真顔で言うので、

「少し早過ぎません？」

と、あやめはからかった。

二人は、オフィス街を歩いていた。

「時間は大丈夫ね」

爽香が腕時計を見る。

「こっちも早過ぎるくらいですよ」

「遅れるよりいい」

少し間を置いて、あやめが言った。

「チーフ……。ちょっと心配が」

「何のこと？」

あやめは、口を開きかけて、

「いえ……。いいです」

「よくないわよ。気になるじゃないの」

「今は時間が。――打合せの後で」

爽香は、ちょっと不満げに、

「そう？　まあいいけど……」

確かに、ゆっくりおしゃべりしていられるほどの時間はない。

「それにしても、打合せの多いことね」

と、爽香は言った。「打合せの度にお茶飲んでたら、お腹がお茶で一杯になっちゃう」

「そういう時期ですね」

と、あやめは言った。

そう。——爽香の勤める〈G興産〉が係るプロジェクトは、具体的な細部の詰めの段階に入っていた。

「うちは細かい仕事ばかりだからね」

と、爽香は肩をすくめて、「でも、一つ一つ、きちんとやっていけば、利益は上るでしょ」

建設や土木の大手のようなわけにはいかないのだ。

「チーフが頑張っておいでですから」

「あら、珍しいこと言うじゃない」

と、爽香は笑って、「この先、もっと忙しくなったら……。亭主や娘の顔も忘れちゃいそう」

「仕事の分担を考えた方がいいですよ。チーフ一人がしょい込んだら大変です」

「分ってるけど……」

「頼りにならない部下で、すみません」

「何よ」

と、爽香は苦笑して、「あ、このビルよね？」

「そうです。ここの二十七階」

「行きましょ。どうせ受付で止められるわけだし」

今は、どの企業もセキュリティにやかましい。

そのビルに入ると、まずロビー正面の受付へ。

「〈Mパラダイス〉の久留さんにお目にかかりたいんですが」

と、あやめが言った。「〈G興産〉の者です」

「お約束は――」

「してあります」

「お待ち下さい」

受付の女性が内線で連絡すると、「――恐れ入りますが、こちらにご記入を」

名前、会社、所属から入館時間まで記入してパスカードをもらう。

このビルは、全部同じグループ企業が入っているのだが、それでもチェックは厳しい。

「どうも」

爽香とあやめがエレベーターホールへと歩き出すと、二人の少し後ろで順番を待っていたらしい女性が受付のカウンターへ歩み寄って、

「久留修二さんに会いたいんです」

と言った。

その口調は「仕事」のものではない、どこか切迫したものだった。

爽香とあやめは足を止めて振り返った。

「久留って……」

「ええ、これから会う人ですね。久留修二ですよ、確か」

四十前後か、かなりやつれた感じの女性で、服装も普段着というセーターとスカートだった。

「お約束は……」

と、受付の女性が言うと、

「浅野です。浅野みずきが来たと言って下さい！」

声が少し震えている。

「お待ち下さい」

受付の女性は内線で連絡を取ろうとした。「受付ですが、久留部長を。――あ、受付ですが、今こちらに――」

と言いかけたとき、浅野みずきと名のった女性がいきなりカウンター越しに手を伸して、その受話器を引ったくった。

「何をするんですか！」

という受付の女性を無視して、

「もしもし！　私よ。すぐ会いたいの！　ここへ下りて来て！　――もしもし！」

その様子に気付いて、ロビーの隅にいたガードマンが足早にやって来た。

「どうしました？」

「何でもないわよ！」

電話は切れてしまったのだろう、浅野みずきという女は受話器をカウンターの中へ放り出すと、「どこなの、久留のいるのは！」

「お引き取り下さい」

「誰が帰るもんですか！　あの人に会うまでは、ここを動かないからね！」

しかし、がっしりした体つきのガードマンが彼女の体をしっかり抱きかかえるようにして、出口の方へと連れ出して行く。

「離してよ！　どうしても久留に会わなきゃならないのよ！」

抵抗しようにも、力の差はどうしようもなく、その女はビルの外へ出されてしまった。

「――行きましょう」

と、あやめが言った。

「ええ……」

爽香と二人、エレベーターで二十七階へ向う。

「どういう事情なんですかね」

と、あやめが言った。

「分らないけど、かなり深刻そうではあったわね」

エレベーターが停(とま)り、扉が開くと、目の前にスーツにネクタイという男性が立っていた。

「杉原さんですね」

「はい」

「久留と申します。どうぞ」

愛想のいい男だった。

「少し早く着いてしまいましたが……」

「いえ、ちっとも構いません」

人当りのいい、それでいて軽薄でない男性。——この人は女性に好かれるだろう、と爽香は思った。

年齢は四十前後だろうが、髪は半ば白くなっていて、それも落ちついた印象を与えている。

「こちらへどうぞ」

立派な応接室へ通され、取りあえず名刺の交換。

「お噂はかねがね」

と、久留はソファにかけて言った。「〈G興産〉を支えてらっしゃると伺っています」

「とんでもない。この小さい体では」

と、爽香は恐縮して言った。

「私は、このプロジェクトの担当になってまだ半年なんです」

と、久留は言った。「何かと教えていただかないと」

ドアが開いて、明るい色のスーツの女性が、コーヒーを運んで来た。

「コーヒーでよろしかったでしょうか」

「はい、大好きです」

「良かった。うちで輸入している、ルワンダの豆です。なかなか手に入らないと言われていて……」

「ありがとうございます」

爽香はカップを取り上げて、「いい香りですね」

コーヒーを運んで来た女性が軽く一礼して出て行く。

爽香は、その一瞬、久留とその女性がチラッと目を合せたのに気付いた。

この人、かなりのプレイボーイなのだろうか？

コーヒーを味わってから、

「早速ですが、今回のテラスハウス部分の庭に置く遊具について……」

と、あやめが取り出した資料を広げた。

四十分ほどで打合せは終って、

「では、今日はこれで失礼します」

と、爽香は言った。「今後の連絡はメールとファックスで。急ぎのご用のときはケータイへお電話下さい」

「分りました」

久留は、爽香たちとエレベーターホールへ向いながら、

「いや、むだのない仕事をされますね。感心しました」

「いいえ、ちっとも。チームのメンバーが助けてくれます」

エレベーターの下りボタンを押すと、久留は、

「下までご一緒に」

と言った。「ちょっと近くに用がありまして」

爽香はあやめとちょっと顔を見合せた。

エレベーターが下り始める。

「——久留さん」

「何か？」

「さっき、私たちがこのビルに来たとき、女の方があなたを訪ねて……」

「お聞きでしたか。お恥ずかしい」

「いえ、いいんですけど、あの方がまだ近くにおられるかもしれないと思いまして」

久留の顔から笑みが消えて、

「確かに。——私は裏口から出ることにします」

一階でエレベーターを出ると、爽香たちは久留と別れて、ロビーへ出た。

ビルから外へ出ると、

「あやめちゃん。さっき言ってた、心配事って何なの？」

「え？——ああ、いえ、大したことじゃないんですけど」

「何よ、あなたらしくもない」

「ネットの海外ニュース、見ました？」

「見ないわよ。英語じゃ分んないし」

「それが……」

と、あやめが言いかけて、「チーフ、あの人……」

道の向い側に立っていたのは、さっき久留に会わせろと言っていた——浅野みずきといったか——女性に違いなかった。

2　予期せぬ出来事
「は……」

と言ったきり、爽香はしばし言葉を失っていた。

もうとっくに忘れてしまったことだったのに！　どうして今さら？

パソコンの画面に、あやめが出してくれたのは、あのリン・山崎が描いた、爽香をモデルにした裸体画だった。

「それって……どういうニュースなの？」

と、爽香が訊いた。

「詳しいことは分らないんですけど」

と、あやめが言った。「一昨年、リン・山崎の作品がニューヨークのメトロポリタン美術館で展示された、と」

「それは憶えてるわ」

「それが大変好評で、今回、リン・山崎の新作を含む、もっと大規模な個展が開かれることになったそうです」

「それは結構だけど……」

その裸体画そのものは失われている。しかし、日本のN展のポスターに使われたのが残っているのだ。

「この絵と、リン・山崎の他の作品を並べることで、彼の幅広い才能を広く知らせることができる、とコメントしているそうです」

「でも、ポスターよ」

「それが、ポスターの絵をデータ処理して、元の絵の質感に可能な限り近付けた、と……」

「余計なことしてくれたわね」

爽香はため息をついた。

「今、ニューヨークで大変評判になっているそうです。もしかすると、ここにも取材が……」

「やれやれ、だわ。——山崎君から何も言って来てないけど……」

「チーフ、ちゃんとメールをチェックしてます?」

「もちろんよ。仕事に必要じゃないの。もし見落としていたら……」

しまった、と思った。爽香は最近パソコンを新しくして、アドレスも変った。

山崎に知らせていないだろう。

「まあ……でも、すぐ忘れるわよ」

と、爽香は肩をすくめて言った。「ニューヨークの人は忙しいでしょ」

「でもチーフ。かなりの人出ですよ」

あやめがパソコンをいじると、カメラが引くように、爽香の絵の周囲まで画面に入った。

「え！」

思わず爽香は叫んだ。——大勢の人がその絵の前に集まっているのだが、絵の大きさが……。元の絵よりずっと大きい！

「これって……私の倍くらいはある？」

「そうですね。今の技術って凄いですね」

感心してる場合じゃない！

「仕事、仕事！」

爽香は机をドンと叩いて、「あやめちゃん、リン・山崎さんに私の新しいアドレス、知らせといて」

「分りました」

あやめはパソコンの画面を切り換えた。

「どうするの?」

責めるような口調ではなかった。

それでも、言われた方はどう答えていいか分らず、黙り込んでいる。

「――何とか言ってよ」

と言ったのは、応接室にコーヒーを持って行った女性――貫井聡子だった。

「何を言うんだ?」

と、久留が呟くように、「どうしようもない。分ってるじゃないか」

人当りのいい、穏やかな久留はそのままである。

「そうなのね。――もちろん、分ってるわよ。でも、申し訳ないとか、何か言うことがあるんじゃないの?」

「聡子……」

「気安く呼ばないで。ベッドの中じゃないんだから」

貫井聡子は今三十歳。〈Mパラダイス〉で、久留の下にいる。

十歳年上の久留は、年下の彼氏と別れたばかりの聡子には、頼りがいのある人と見えていた。

そして、配属になってひと月後には、久留がしばしばこの聡子のマンションに寄るようになっていた。

久留には妻子がいる。聡子も、初めはそれを承知での「遊び」のつもりだった。しかし、久留にのめり込んで行った挙句、今聡子は妊娠していた。

──久留が腰を上げた。

「帰るよ。ここにいても仕方ないだろ」

「もう?」

「だって、話し合ったって状況は変らないんだ。やはり、何とか……」

「分ったわ。医者は自分で探すわよ」

と、聡子は少し声を震わせた。「費用は考えてよね」

「うん。できるだけのことはする」

久留は明らかにホッとしていた。玄関へ出て行き、靴をはいていると、

「あの女のことはどうするの?」

と、聡子が立って来て言った。

「浅野みずきのことか」

「私ほどはもの分りがよくないんじゃないの?」

「そうだな……。面倒だ。金で話がつけられる相手じゃないし」

「あなたも、少し相手を選びなさいよ」

「分ってるさ。——あいつだって、まさかあんなことになるとは思ってなかったんだ」

久留はドアのロックを外して、「じゃ、行くよ」

ドアを開けると——目の前に浅野みずきが立っていたのである。

久留は、一瞬幻を見ているのかと思った。

「ちゃんと知ってるのよ」

と、みずきは言った。「このマンションだって、前から知ってた」

「ドアを閉めて！」

と、聡子が叫んだ。「鍵をかけるのよ」

だが、久留が動く前に、みずきが中へ入って来た。そして、手にはナイフを握っている。

「やめて！」

と、聡子はあわてて部屋の奥へ入って行った。

「みずき……」

「心配しないで」

と、みずきは言った。「あんたを刺そうっていうんじゃないわ」

「だが——」

「このナイフはね、自分用」

みずきはそう言うと、自らナイフを自分の胸に突き立てた。


「もしもし」

「あなた？　どこにいるの？」

と、久留由美は訊いた。「どうせどこかの女の所でしょ」

「由美……」

久留は何とか声をしっかり保って、「とんでもないことになった」

「どうしたの？」

「今……貫井君の所なんだ」

「ああ、あの人ね。——忙しい人ね、全く」

由美はそう言って、「和郎が聞くわ。ちょっと待って」

と、八歳になる息子が廊下にいないことを確かめた。

「どうしたっていうの？」

「人が死んだ」

「——何ですって？」

「女がここで死んだ」

「貫井さんが？」

「違う。他の女だ」

「それで……」

と言いかけて、「――本当なの？」

「こんなこと、冗談で言えるか」

由美は少し間を置いて、

「つまり……困ってるってことね」

「もちろんだ。部屋は血が飛んで……。それに死体をどうしたらいいかな」

「待って。――待って。私が行く。和郎はじき寝るわ。それから出るから」

「頼む。お前はこんなとき頼りになる」

「何よ」

由美も苦笑するしかない。「ともかく、そこがどこか教えて。場所が分らなきゃ、行けやしない」

「ああ、そうだったな……」

と、久留は言って息をついた。

由美は住所をメモすると、読んで確認してから、

「じゃ、そこで待ってて。近くに行ったら、ケータイにかけるから」

「分った。頼むよ」

由美は通話を切って、

「本当に手間のかかる人……」

と呟いたが、「――女が死んだ？」

初めて、夫の言葉が頭に入ったという感じで、

「本当のことなのかしら……」

そう簡単に人は死なないだろう。でも、部屋に血がどうとか言ってたし。

死んだっていっても、気を失ってるだけかもしれないし、鼻血でも出したのかもしれないし……。

そうよ。きっと気が顚倒(てんとう)して、状況をつかめなくなってるんだわ。

でも、一応この住所へ行ってみないと。

車で、どれくらいかかるかしら……。

頭の中で、大体の見当をつけていると、

「ママ」

と、息子に呼ばれてびっくりした。

「和郎ちゃん、びっくりさせないで。――まだ寝てなかったの？」

「明日の学校の仕度」

「あ、そうだったわね。はい、じゃ、仕度したら寝ましょうね。ママは、ちょっとご用

で出かけるけど、一人で大丈夫よね」

「うん」

と、和郎が肯いて、「泥棒が入ったら、僕がやっつけてやるよ」

「まあ、頼りになるわね」

由美は笑って、息子の頭を撫でた。


爽香は風呂を出て、バスタオルで体を拭いていた。

「おい」

そこへ、明男が顔を出し、「ケータイに電話だ」

「え？　誰から？」

「有本縁。〈M地所〉の」

「ああ。——出るわ」

と、バスタオルを体に巻きつける。

「また少し太ったんじゃないか？」

「うるさい」

爽香は拳で明男のお腹をつついてやった。

「——あ、もしもし」

「爽香さん、ごぶさたして。すみません、突然お電話して」

以前、ちょっとした（?）事件で係った女性だ。

「お嬢ちゃんは元気?」

「はい、おかげさまで。爽香さんのところも——」

「もう小学校」

「そうですか。あの——実は今、主人が〈M地所〉の社長秘書室にいるんですけど」

「そう」

「ついさっき、主人から連絡があって。〈M地所〉の会長さんが亡くなったと」

「亡くなった?　まあ」

「もう九十近かったので。それに、この二、三か月、入院したままだったんですが」

「それは大変ね」

「今度のプロジェクト、〈G興産〉も参加されてますよね」

「ええ、私が色々やらされてるわ」

「あのプロジェクトは亡くなった会長さんのアイデアだったんです。仕事はもちろん息子の社長さんが継がれるでしょうけど……」

「今でも、プロジェクトのリーダーでしょ。私はお見かけしたぐらいだけど」

「本当は、社長さん、あのプロジェクトに色々気に入らないところがあって。でも父親の会長さんが怖くて言えなかったんです。会長さんが亡くなると、きっとプロジェクトを見直すという話になると思います」

「今から？　もうあちこち具体的に動き出してるわよ」

「ええ。大筋は変えられないでしょうけど、細かいところで、きっと自分のやり方を通そうとすると思います」

爽香は、有本縁がわざわざ電話して来てくれた理由が分った気がした。

「うちのような所が一番影響を受けるでしょうね」

「たぶん。――それでお知らせしておいた方がいいと思って」

「ありがとう。早速調べてみるわ」

「無理されないで下さいね」

「あなたもね」

爽香は通話を切ると、すぐに社長の田端へかけようとして、「ハクション！」と、クシャミをした。

「ちゃんと服着てからかけろよ」

明男が呆れたように言った。

3　大荷物

「本当だったのね……」

思わず、久留由美はそう言っていた。

「そう言ったじゃないか」

と、夫の久留修二は言ったが、

「だって、まさか本気にできる？　いきなり人が死んでるなんて言われて」

と、由美は言い返した。

「ともかく……何とかしないと」

「そうね」

由美は、本当なら激怒して、

「勝手にしなさいよ！　私の知ったことじゃないわ！」

と、夫に言ってやっても良かったのだ。

でも――そこはやはり色々事情がある。

「この女が自分で自分の胸を刺して死んだのね」

「そうだ」

「浅野みずきっていったっけ」

「うん」

「あなたたち、黙って見てたの？」

由美は夫と貫井聡子を交互ににらんだ。

「止める暇なんかなかった。——なあ？」

「ええ」

と、聡子は肯いた。「いきなり入って来て、すぐに……。でも、私たちが殺したんじゃない。勝手に死んだのよ！」

「大きな声、出さないで」

と、由美はたしなめた。「隣近所に聞こえたら大変よ」

「な、由美」

と、久留は咳払いして、「自殺にしても、僕とこの貫井君は困ったことになる」

「私だって困るわよ。和郎だって、学校でどう言われるか」

「それだな。——何かいい手はないか？」

「私に訊くの？」

「だって、お前の親父さん、警察だったじゃないか」

久留の言葉に、聡子がびっくりして、

「まあ、そうなの？」

「それも結構偉かったんだ。そうだろ？」

由美はため息をついた。こんなところでよくお世辞が言えるもんだ。こういう人なんだから。

それでも、由美の夫で、和郎の父。

「警視正よ。もちろん、もう引退して、七十五だけど」

と、由美は言った。

「しかし、何とか――うまくもみ消したりするぐらいはできるんじゃないか？」

久留の言い方に、由美はムッとして、

「父に違法なことをさせろって言うの？」

「そういうわけじゃ……やっぱりそうか」

「待ってよ」

と、聡子は言った。「奥さんの前で言いたくないけど、私、妊娠してるの。それも忘れないでね」

「全く、あなたたちは……」

と、由美は呆れて、「でも——ともかく我が子のためだわ」

「そう。そうだよ」

「ともかく……」

と、由美は死体を見下ろして、「これを何とかしないとね」

「勝手に死んだんだ。本当だぞ」

「何度も言わなくたって、分ってるわよ。あなたに人を刺す度胸なんてあるわけない、ってこともね」

「私だって、いやだわ。刃物が苦手で、包丁だって持つの、嫌いなのに」

と、聡子は言った。

とんでもないことになった。

しかし、由美の父、小田宅治が何とか考えてくれれば。

父にとって、和郎は初孫で、可愛いはずだ。

仕方ない。——由美は時計を見て、

「こんな時間に起きてるかしら。ともかく電話してみるわ」

と、ケータイを取り出して、父のケータイへかけた。

なかなか出ない。一旦切ろうとしたとき、

「由美か?」

と、父の不機嫌な声が聞こえた。

「お父さん。ごめんね、こんなに遅く」

と言ってから、「今どこなの？」

父の声の響き方が、いつもと違う。

「外なんだ」

「そう。——話してて大丈夫？」

少し迷っているようだったが、

「ちょっと待て。こっちからかける」

と、父は言った。

通話が切れる寸前、

「どこから？」

と訊いている声が聞こえた。

女の声だ。しかし、母ではない。

「まさか……」

と、由美は呟いていた。

父に女が？　——七十五歳といっても、至って元気ではあるが、今までそんな話は聞いたことがない。

「どうしたんだ？」

と、久留が不安そうに訊いた。

「何でもないわ。すぐ向うからかけるって」

由美は、ふてくされた顔でソファにかけている貫井聡子へ、「あなた、まさか産むつもりじゃないでしょうね」

「彼があなたと離婚して、私と結婚してくれるなら産むわ」

「聡子――」

「分ってるわよ！　でも、それなりのことはしてもらうから」

「あなただって、用心してなかったの？」

と、由美は言った。

「それは――」

「待って」

父からかかって来た。「――もしもし。今話していいの？　一人？」

「ああ」

声の聞こえ方が微妙に違う。「どうしたんだ？」

「実は困ったことになったの。お父さんの力が必要なのよ」

「何だって？　それは……」

と言いかけて、小田宅治は、「本当に困ったことなのか」

「ええ、とても。私にも、主人にも。それと和郎にもね」

「分った。どこへ行けばいい？」

由美はマンションの場所を教えて、

「すぐ来てくれる？」

「ああ。たぶん——三十分もあれば」

「助かるわ。秘密よ。お願いね」

「分った」

あまり父に頼み事をしない由美の、この電話に、向うもすぐ返事をした。

さすがに元警察官で、由美があれほど言うのだから、よほど「困ったこと」が起ったと信じたのだろう。

「父が来るわ」

と、由美が言うと、

「そいつは良かった」

と、久留は安堵（あんど）の表情になった。

由美は夫をにらんで、

「ちっとも良くないわよ！　大体、あなたが女にだらしないから、こんなことになったんでしょ！」

と、叩きつけるように言った。

「ここにいて」

由美は夫にそう言うと、玄関から外へ出た。

ケータイで、実家の電話にかける。少しして、受話器が上った。

「お母さん？　私よ」

「あら、珍しいわね」

と、母、さとが言った。

「元気？」

「ええ、何とかね。血圧もこのところ高くないのよ」

「良かったわ。ね、お父さん、いる？」

「昨日から昔の仲間の方たちと旅行に行ってるの。明日は帰ると思うけど。何か用？」

「いえ、いいの。急ぎじゃないから、またかけるわ」

と、由美は言った。

「和郎ちゃんは元気？」

「うん。元気過ぎて。今度、連休のときに連れて行くわね」

「そう？　じゃ、好きなものこしらえて待ってるわ」

さとの声が弾んだ。

由美は一人っ子なので、孫は和郎だけ。もっと機会を見て実家へ連れて行きたいのだが、由美も忙しい。

通話を切ると、

「お父さんたら……」

旅行に行っていて、三十分でここに来られるわけはない。——あの電話の向うの女の声。間違いなく、父には恋人がいるのだ。

母、さとはずっと家事に専念して来た人で、およそ父のことを疑ったりしていないだろう。

「可哀そうに……」

と、由美は呟いた。

自分も夫に散々裏切られて来たが、ちゃんと承知しているし、いちいち腹を立てようとも思わない。しかし、母は……。

由美は、ドアを開けて、

「お父さんが来たら分るように、表にいるわ」

と、声をかけた。

マンションの正面玄関を出て、少し立っていると、二人、三人と帰って来る住人がいた。

人目がある。死体を運び出すのは大変だろう。

ケータイが鳴った。

「――お父さん？」

「近くだと思うが、目印はあるか？」

と、小田宅治が言った。

「ええと――。あ、今見えてるライト、そのタクシーじゃない？　私、マンションの前に出てる」

「ああ、分った」

さすがに、勘が働くのだろう。

タクシーを降りると、

「どうしたっていうんだ」

と、小田は言った。

「中に入ってから」

人通りがある。由美は、小田を促してマンションの中へ入った。

さすがに、こんな「とんでもない」ことだとは、小田も思っていなかっただろう。

「――こういうわけなの」

と、由美は言った。

「ふむ……」

小田は久留をジロリと見て、「久留君。何か言い分はあるかね」

と言った。

「いえ……。申し訳ありません」

久留は目を伏せていた。

「君が、久留君の彼女か」

と、小田が貫井聡子に言った。

「私、久留部長の子供がお腹にいるんです。忘れないで下さいね」

と、聡子が念を押す。

「分っているとも。——しかし、ここは君のマンションで、女は君の部屋で死んでいる。他殺でないと言っても、それは君と久留君の話を信じればのことだ」

「本当ですよ！　私、いつまでここに死んだ人を置いとけばいいんですか？」

小田は考え込んでいたが、

「ともかく、筋道の通った説明ができなくてはな」

と言った。

「お父さん、お願い」

と、由美が言った。「和郎のことがあるわ。何とか主人のスキャンダルになるのは避けたいの」

「それは分るが……」

小田は腕組みをして、「浅野みずきといったか、この女」

「そうです」

と、久留は言った。

「この女と君の関係を知ってる人間はどれくらいいる？」

「はあ……。ほとんどいないと思います。といっても、みずきが誰かに話していれば別ですが」

久留としては、みずきが会社のビルまでやって来て、ガードマンに連れ出されていたことなど、とても言い出せなかった。

「ともかく、どこかへ運び出さないと」

と、聡子は言った。「こんな所で死なれて、私、本当に――」

「死体を運ぶのは容易じゃないぞ」

と、小田は言った。「どこへ置いても、そこで死んだのでないことはすぐに分る。それに、死体を動かせば、殺したからだと思われるだろう」

「でも、困ります！　ここで死んだってこと、どう説明すれば？」

と、聡子は訴えるように言った。

「でも、このマンション、遅くまで人の出入りがあるようだわ」

と、由美は言った。「運び出すのは大変よ」

小田はしばらく黙っていたが、やがて大きく息をつくと、

「二つしか道はない」

と言った。「一つは、諦めて、ここであったことを正直に話す。他殺ではないことは調べれば分る」

「でも……」

「むろん、久留君の名が出るのは避けられない。――もう一つは、やるなら徹底的にやることだ」

「お父さん……」

「もっと深夜になるのを待って、車に乗せて、どこか遠くへ運んで埋める。――むろん服や、身許の分るものは処分する。いつ発見されるか、それは賭けだ。家族は？」

「東京にはいないはずです」

「いずれ捜索願が出るだろう。それに、日本には絶対見付からない場所などない。綱渡りだぞ」

小田の言葉に、由美と久留は顔を見合せた。

4　衝撃波

「夜遅くに申し訳ありません」

と、爽香は言った。

「いや、構わない」

と、田端将夫は言った。

「どうしましょうか。たぶん、会長さんが亡くなったことは、もう主な関係先には知れていると思いますが」

有本縁がわざわざ知らせてくれたのだ。〈M地所〉会長の死。——〈G興産〉にどんな影響が及ぶか、想像がつかない。

「そうだな。弔問に行くか、今夜中に」

「でも……うちの社は、亡くなった会長さんと直接のつながりはありません。夜中に顔を出しては却って……」

「うん、それはそうだな」

田端は曖昧な口調だった。

もちろん〈G興産〉の社長として、田端はきちんと決断もする。しかし、ことが他の会社や業界とのつながりとなると、苦手なのだ。

その弱点を、母の田端真保もよく分っていて、しばしば爽香へ、

「息子を助けてやってね」

と言ってくるのだ。

「しかし、よその会社が行ってたら、うちだけが……」

田端は、結構気が小さく、万一、〈G興産〉が「出遅れたら」と心配なのだ。そして、口ごもるのはつまり「君に任せる」ということで、爽香の方から、

「私に任せて下さい」

と言ってほしいのである。

でも、爽香だって、こんなに遅い時間に黒のスーツを着て出かけて行くのはいやだ。

二人は電話の向うとこっちで根くらべをしていたが――。

「私、行ってみましょうか、会長さんのご自宅に」

とうとう言わされてしまった！

田端はホッとした様子で、

「そうか？　悪いね」

「いえ、ちっとも」

と、爽香は多少の皮肉をこめて言った。

「僕も起きてるようにするから」

「向うへ行ってみて、その様子をお知らせします」

「うん、よろしく頼む」

やれやれ、全く！

「——どうしたんだ」

話を聞いていた明男が訊いた。

「うん……。これから出かけてくるわ」

「今から？」

爽香の話を聞いて、「——そうか。大変だな。車で送って行こうか？」

そうしてくれたら嬉しい。しかし、そう甘えてはいられない。

「いいよ。タクシーで行く。拾えるでしょ、きっと」

爽香は洋服ダンスから、黒のスーツを取り出して来た。

「あら、いやだ」

「どうした？」

「〈M地所〉の会長さんって、何て名前だったかしら？」

と、爽香は言った……。

門の辺りが明るく、人が立っているのが見えた。

爽香は運転手に、

「ここでいいです」

と、声をかけた。

深夜料金なので、結構な金額になる。しっかり領収証をもらって、タクシーを降りた。

「凄いお屋敷……」

と、つい呟いていた。

高い塀(へい)がずっと続いている。門の前に、黒塗りのハイヤーが停って、黒いスーツの男性が降りて来た。

見たことのない顔だ。仕事上の付合いというより、親族かもしれない。

爽香は門の少し手前で足を止めて、様子を見ていた。――田端を来させた方がいいかどうか、まだ判断がつかない。

――蔵本正史(くらもとまさふみ)。亡くなった会長である。

今、社長は息子の蔵本正一郎(しょういちろう)がつとめている。正一郎は五十歳ぐらい。会長の正史はもう九十歳ということだった。

親族だけが集まっているのだったら、爽香のような人間が弔問に行くのは場違いだろう。

見ていると、社員だろう、黒いスーツの男性が門から出て来て、左右を見回している。

「あ……。有本さん」

爽香が声をかけると、びっくりしてやって来たのは、有本哲也だった。

「杉原さん！　どうしたんですか？」

「縁さんから知らせてもらったの。私なんかが夜中に伺うのは、却って迷惑かなと思って迷ってるの」

「そうですか。わざわざ……。今は、ご家族と親類の方だけです」

「じゃあ、明日出直した方がいいわね」

「でも、何本か電話が……。これから来るのは、子会社、関連会社の社長連中です」

と、有本は言った。「取引先は、その後、一時間くらいしてからということになってます。どうします？」

「そうね……。うちなんか、大した取引先じゃないから……」

「でも、せっかくですから。――社長の奥様は、とてもものの分った方なんです。ちょっと伺ってみますよ」

「悪いわね、忙しいのに」

「いえ、秘書課が全員来てますから、人手は余ってるんです」

有本は、「ちょっと待ってて下さい」

と言って、小走りに門の中に消えた。

爽香はやや安堵して、目立たないように塀のそばに寄った。

「変ったな、有本さん」

と呟く。

「誰かが俺を狙ってる」

という妄想にとりつかれた、一風変った男だったが、同じ〈M地所〉の女子社員、縁
と恋に落ちて結婚。今はすっかり、まともな男になっているようだ。

爽香が塀にもたれるように立っていると、続けて二台、タクシーが来て、数人の男女
が足早に門の中へ入って行った。

この分だと、田端は明日改めて弔問に来た方が良さそうだ、と爽香は思った。

しかし、せっかく有本が訊きに行ってくれているのだし……。

そのとき、爽香の頭上で、何やらゴソゴソと音がした。

「え?」

と、爽香が見上げると——。

いきなり靴の片方が落ちて来て、爽香の頭に当った。

「痛っ！」

と、思わず声を上げ、もう一度塀の上を見上げると、誰かが塀を乗り越えて、こっちへ飛び下りようとしていた。

「危い！」

と、上と下で同時に言った。

人影が爽香の上に——。爽香はあわててよけようとしたが、間に合わなかった。

もろに、ではなかったが、爽香が引っくり返り、その上に這いつくばるようにして誰かが重なった。

「あ……痛た……」

と、女の子の声がした。

痛いのはこっちよ！　下になったんだから！

そう言いたかったが、こんな所で騒ぎを起しては、という気持が、何とか言葉を呑み込ませた。

「あなた……泥棒か何か？」

と、爽香は言った。

「違うわよ！」

と言い返したのは、声の感じで、たぶん十代の少女だ。

「だって、塀から……」

起きようとして、爽香は、「あ……腰が……」

したたか、お尻を打っていた。

そこへ、

「どうしたんです？」

と、有本が駆けつけて来た。

「分んないけど……。この人が落っこちて来たの」

「落ちたんじゃない！　飛び下りたら、下にこの人がいたのよ！」

有本がびっくりして、

「お嬢さん！　泰子さんじゃありませんか」

「あなた……有本さんね。お願い、何も見なかったことにして！」

「いや、そういうわけには——」

「私、行かなきゃいけない所があるの。ね、いいでしょ？」

「無理じゃないですか」

と、爽香は言った。「他の人が来ます」

黒いスーツの社員らしい男が二、三人、

「どうした！」

と、やって来たのである。

「あーあ……」

と、少女は立ち上って、「ね、靴の片方、脱げちゃったんだけど」

「私の頭に当って、その辺に」

と、爽香は言った。「どういうことなんですか？」

「まあ、申し訳ありません」

と、その女性は言った。「傷の手当を。有本さん、救急箱が台所にあるから持って来てちょうだい」

「はい、奥様」

有本が急いでその小部屋を出て行った。

家事室というのだろうか、アイロン台や洗濯機、乾燥機などが並んでいる。

「蔵本正一郎の家内で、明子です」

と、その女性は言った。

「はあ。この度は会長様が……」

と言いかけて、おでこの痛みに顔をしかめる。

「おでこをすりむいてますよ。血が出ています。今、消毒して——」

「どうぞ、お構いなく」

と、爽香は言った。「今はお客様のお相手でお忙しいでしょう。薬があれば、手当は自分でやりますから」

「でも……」

「お尻をぶつけたりして、とてもお見せできません」

「分りました」

蔵本明子は、微笑んで、「杉原爽香さんというのはあなたなんですね」

「え？」

「有本さんから、よく話を聞いています。年中殺人事件に巻き込まれてる人なんだ、って」

「あの……」

爽香は冷汗をかいた。「好きでそうしてるわけじゃないんです」

「へえ」

と言ったのは、爽香の上に落っこちて来た少女。「殺人鬼なの？」

「私が殺してるんじゃありません」

「泰子」

と、明子は苦笑して、「この方にけがさせたんだから、お詫びしなさい」

「勝手に下にいただけだよ」

「いいんです」

と、爽香は言った。「でも、あのまま飛び下りてたら、きっと足首をくじくくらいのことになっていたでしょう」

「ごめんなさい、本当に」

と、明子は言った。「あなた——杉原さん、私と同じくらいかしら？　四十……」

「今、四十三です」

「じゃあ同い年だわ。まあ、お若いこと」

何だか妙に明るい人だ。有本が「ものの分った人」と言ったのが納得できた。

「でも——泰子さんとおっしゃいましたか。どうしてわざわざ塀を越えて？」

「私が外出禁止にしたからなんです」

と、明子は言った。「だって、お祖父様が亡くなったんですから」

「私、関係ないもん」

と、泰子はむくれている。

「今、高校生ですか？」

「十六なの。もう、さっぱり言うこと聞かなくて」

「もう十六……。うちはまだ七歳です」

「あ、そうそう。女の子一人なんですってね。そこも同じだわ」

有本が一体何を話しているのやら……。

「――お待たせしました」

有本が救急箱を抱えてやって来た。「奥様、ご親戚の方々がお集りです。行かれた方が」

「あ、そうね。じゃ、杉原さん。お声をかけますから、こちらにいらして」

「はい……」

「泰子。早く着替えてらっしゃい」

泰子は渋々母親について、家事室を出て行こうとしたが、ちょっと爽香の方を振り向いて、

「ここでも殺人事件に出くわすかもよ」

と言った。

爽香は呆気に取られていたが、

「――有本さん、自分で手当するから大丈夫。一人にして」

「でも、杉原さん……」

「お尻のあざなんかお見せできないでしょ」

「分りました」

有本は笑って、「いや、ちっとも変りませんね、杉原さんは」

「年は取ってるんだけどね」

そう言うと、爽香は救急箱を開けて、中の薬を見て行った。

5　突発事

「あ……。ちょっと血が出てる」

家事室の中に大きな鏡があって、爽香はそれを見ながら、自分で傷の手当をしていた。

〈M地所〉の会長、亡くなった蔵本正史の屋敷である。わけはよく分らないが、社長、蔵本正一郎の娘、泰子が塀の上から飛び下りて、下にいた爽香にぶつかったのだった。

救急箱をもらって、爽香はおでこの傷を消毒した。泰子の落とした靴が当ったのだ。

大した傷じゃないが、ここにキズテープなんか貼ったら目立つ。――どうしよう？

尻もちをついて、お尻は大丈夫かと心配だったが、幸いあざはそう大きくなかった。

放っといても治るだろう。

さて……。田端が連絡を待っている。ともかく夜中に弔問というのは、親戚でもないのだから、避けた方がよさそうだ。

ケータイを取り出して、田端にメールを送ろうとしていると――。

突然、家事室のドアが開いた。そして、男と女が入って来たのである。

明りもついているのだし、立っている爽香に気が付きそうなものだが、その二人、入って来るなり、ドアを閉めるより早く、激しく抱き合ってキスし始めたのだった。

「ねえ――誰か来たら――」

と、女の方が言ったが、むしろ自分の方から激しく唇を押し付けている。

「来るもんか。――来たって構やしない！　見せつけてやる」

「よして。主人が知ったら大変……」

仕方なく、爽香は咳払いした。

それでも、女の方が気が付くまで二、三秒あった。

「キャッ！」

と、飛び上りそうになって、「誰かいるわ！」

「何だ！」

と、男の方も焦って、「何者だ！」

まるで時代劇みたいなことを言い出す。

「弔問に伺った者です」

と、爽香は言った。

それ以上の説明は詳しくなり過ぎる。

「こんな所に隠れるなんて……。怪しい奴(やつ)！」

男の方はまだ二十代だろう。明らかに女性の方が年上。そして「主人が知ったら」と言っている以上、人妻ということだ。

「明子さんがご存知です」

この家の奥様の名を出すのが手っ取り早いと思ったのだが、みごとに当った。

「まあ……。明子さんの知り合いなの？」

と、ちょっと見直した様子で、「ええと……何ておっしゃるの？」

「〈G興産〉の杉原と申します」

「杉原さん。——あのね、今のこと……」

「皆様のプライベートに立ち入るつもりはありません」

と、爽香は言った。「でも、ここにおられると、万一他の方がみえたとき、うまくないのでは」

「そう。そうよ！——充さん、早く戻って」

「でも……」

「早く行って！」

と、押し出そうとした。

「分った。行くよ」

と、男は渋々出ようとした。

「余計なことですが、口紅を拭いておかれた方が」

爽香に言われて、男はあわててハンカチで唇をゴシゴシこすった。

危いところだった。「充さん」と呼ばれた男が出て行って、女性の方が髪の乱れを直したり、口紅の様子を見ていると、すぐに蔵本明子が家事室へ入って来たのだ。

「あら、洋子さん、こんな所にいたの？」

と、明子が言った。

「あ、ちょっと……」

「お化粧を直しに」

と、爽香は言った。「びっくりさせてしまいました」

「主人の妹なの。大野洋子といって」

「私、戻ってるわね」

洋子はせかせかと出て行った。

「何だか落ちつかない人ね」

と、明子は言って、「ごめんなさい、放っておいて」

「とんでもない。こちらこそ、勝手にお邪魔して」

と、爽香は言った。「明朝、社長の田端と一緒に改めて伺いますので、今日はこのまま失礼します」

「あら、でももう主人にも言っちゃったわ。ともかく来て下さい」

「でも……」

図々しい奴と思われそうだったが、仕方なく爽香は明子について廊下へ出た。

ともかく広い屋敷である。迷子になりそうな廊下を辿って、明るく光の溢れる部屋へと……。

「あなた」

と、明子が言った。「こちらが杉原さん」

「〈G興産〉の杉原と申します。この度は大変——」

「まあまあ、いいよ」

と、遮って、「それより泰子が迷惑かけたそうだね。大丈夫かい？」

「はい、すり傷くらいで……」

スーツは着ているが、ネクタイはせずにソファで寛いでいる蔵本正一郎は、むろん爽香も顔を知っている。

「〈G興産〉と言ったか？」

「はい」

「確か今度のプロジェクトに……」

「参加させていただいております」

「それで君を見たことがあるんだな」

と、正一郎は言った。

爽香は、総合的な会議の中では、もともと女性が少ないのと、童顔なので目立つ。しかし、やはり正一郎は〈G興産〉がどこを担当しているのか、憶えていないのだ。

「社長の田端と共に、改めて伺わせていただきます」

「うん、通夜と告別式は改めて連絡するよ」

「ありがとうございます」

爽香はていねいに礼を言って、正一郎の前から退がろうとした。

入って来た、さっきの若い男とぶつかりそうになる。

「おい、充」

と、正一郎が言った。「どこへ行ってたんだ?」

「うん、ちょっと……。大野さんと立ち話ししてた」

「沢本(さわもと)充だ。——杉原さんだ」

と、簡単に紹介して、「玄関までお送りしろ。一度じゃ分らんだろう」

「助かります」

と、爽香は言った。「内心ドキドキしていました」

「では、気を付けて」

正一郎が面倒くさそうに手を上げた。「充、お前は後で話がある」

「分った」

充は肩をすくめて、「すぐ戻るよ」

——玄関へと案内されながら、

「立派なお屋敷ですね」

と、爽香は言った。

「まあね。しかし……」

充は首をかしげる。

「どうかなさいました?」

「いや、この屋敷が迷路みたいになってるだろ。中にいる人間だって、ややこしいことになってるのさ」

と、充は言った。

「部外者の私にはおっしゃらないで下さい」

爽香は先回りして言った。

また事件に巻き込まれるのはごめんだ!

廊下の角を曲ると、

「この真直ぐ先が玄関」

と、充が言った。「君の靴はそこに置いてあるって」

「そうですか」

「じゃ、またね」

充はさっさと行ってしまった。

「何よ……」

ちゃんと玄関まで送ってくれるかと思ったのに。

そうか。——何か他へ回りたい用があるのだろう。

そもそも、沢本充が、どういう親類なのかも聞いていない。——もちろん、爽香の知ったことじゃないが。

「疲れた！　帰ろう」

寝る時間がなくなっちゃう！

玄関へと急ぐと、

「ね、ちょっと」

と、声がして、振り返ると、さっき上に落ちて来た蔵本泰子が、半分開いたドアから顔を覗かせている。

「あ、どうも。失礼するところで——」

「ちょっと来て、ね？」

手招きされると、いやとも言えず、

「私にご用ですか？」

と訊いた。

「中へ入って」

そこは小さな応接間だった。泰子は、

「ここ、銀行の人とかと話すときに使う部屋なの」

「あ、なるほど」

「ここのお客はお茶出さなくていい、ってことになってるの。ケチよね。お茶ぐらい今はペットボトルでまとめ買いしてんだから」

泰子の言い方に、爽香はつい笑ってしまった。――十六歳か。私の十六歳って、どんなだったろう。今は遠い昔のようにも思えるけど、つい昨日のようでもある。

そう。十六のときには、私はもう明男と知り合っていた……。

「――あ、すみません」

泰子の話していることを聞いていなかった。

「何よ、目開けて寝てるの？　器用ね」

「ちょっと主人のことを考えてて。泰子さんの年齢には、もう今の主人と出会ってたな、って思ったり……」

「いい年齢してのろけ話？」

と、泰子はふくれっつらになって、「今の私の知ってる男なんて、ろくなのいない」

「でも、その『ろくでもない』人と会いに塀を乗り越えたんじゃないんですか？」

と、爽香は言った。

「違うわよ」

と、泰子は言って、ちょっと座り直すと、

「ね、杉原さんっていったっけ」

「ええ」

「何だか、信用あるみたいね、色んな人から」

「どうでしょうか。普通は面と向って、『あんたは信用できない』なんて言いませんからね」

「でも、お母さんの口調で分るわ。お母さん、あの有本さんって人、信用してるの」

「有本さんとは、以前、ちょっとご縁があったんです。――で、私に何かお話が？　私、くたびれてて、帰りたいんですけど」

「泊ってけば？　部屋、沢山余ってるわよ」

「私、子供もいまして、学校へ出さなきゃいけないんです」

「でもね、私の方も困るの。聞いてもらわないと」

「何か悩みごとですか」

「まあね。言ったでしょ、ここでも殺人事件が起るかも、って」

「冗談でしょ。人はそう簡単に殺人なんて……。そうでもないか」

爽香の言葉に泰子は笑い出して、

「あんたって面白い人ね」

と言った。「玄関の前に空車が何台か停ってるわ。それ、乗って帰って」

「タクシーですか?」

「ええ。大丈夫。払いはうちだから」

「でも――」

「お母さんから言われてるの。そう伝えて、って。その代りね、駅前の〈J〉に寄って伝言してほしいの」

「伝言って……。メールとか何とかできないんですか?」

「うん。ちょっと――事情があるの」

また面倒なことに!

とはいえ、知ったこっちゃない、と言って帰ってしまえないのが、爽香である。

〈J〉とは、駅前のビルの地下にある〈二十四時間営業〉のマンガ読み放題の喫茶だった。

こういう店に入ったことのない爽香は、ちょっと咳払いして受付カウンターへ。

「お待ち合せですか？」

眠そうな顔の男が言った。

「ええ。〈ボブ〉さんが待ってるはずですが……」

「お待ちを。――ああ、〈18〉の部屋ですね。奥の左手です」

狭い廊下を挟んで、ズラッとドアが並んでいる。〈18〉はすぐに分った。

爽香はドアをノックした。ドアには小さな窓が付いているが、汚れているのか曇っているのか、よく見えない。

ともかく、人影がチラッと見えて、すぐドアが開いて、

「心配したよ、遅いから――」

〈ボブ〉というから、アメリカ人でも待ってるのかと思ったが、どう見ても中年の日本人サラリーマン。

爽香を見てびっくりしている。

「泰子さんから伝言を頼まれて来ました」

と、爽香は言った。「お祖父様が亡くなったので、家を出られない、と。それで――」

「死んだ？」

と、その男は目を見開いて、「蔵本正史が死んだのか!」

「ええ。今夜ですけど。それで泰子さんは──」

「こうしちゃいられない!」

男は椅子の上に置いた古ぼけたバッグをつかむと、「ここの支払い、頼むよ」と言って、爽香が返事をしない内に、大あわてで出て行ってしまった。

「あの……」

まだ〈伝言〉は終わってないのに……。

止める間もなく、男は行ってしまった。

爽香は面倒くさくなって、

「勝手にしろって!」

と、思わず呟いていた……。

6 眠い午後

「悪かったね、ゆうべは」

と、社長の田端将夫が言った。

「いえ……。色々面白いお家でした」

と、爽香は言った。「お通夜が明晩です。告別式は親族の方だけで。後でお別れの会を開くという連絡が」

「分った。通夜に出ておいた方がいいな」

「そうですね。息子さんは〈G興産〉が何の担当なのかも、よくご存知ない様子でした」

「少しPRするか。いや、君がもうして来てくれたんだな」

社長室である。

爽香はさすがに朝は辛くて起きられず、午後から出社して来た。

ゆうべの一部始終は、一応田端あてにメールしてあったが、社長室で直接に話すことにしたのである。

「眠そうだな」

と、田端が言うと、爽香はそれにつられたように欠伸(あくび)しそうになって、何とかかみ殺した。

「睡眠時間が不足でして……」

「今日は休んでも良かったんだよ」

「仕事がたまるだけです」

と、爽香は肩をすくめて、「できれば残業しないで帰ります」

——席に戻ると、

「チーフ、お電話です」

と、久保坂あやめが言った。「3番に」

「はい。——もしもし」

「ちゃんと伝言してくれなかったのね！」

不機嫌な声が言った。蔵本泰子だ。

「全部聞かないで、出て行ってしまったんですよ」

爽香が説明すると、

「あの人ったら……」

「泰子さん――」

「何も訊かないで」

と、泰子は遮った。でも本当なんです、信じて」

「ええ」

泰子は少し元気がない様子だったが、「――杉原さん」

「何ですか？」

「爽香さん、って呼んでいい？」

ちょっと面食らったが、

「どうぞ」

「私も信用してる。あなたのこと」

そう言うと、泰子は、「ケータイの番号、訊いてもいい？」

爽香はケータイ番号をメールで送ることにした。

「お願い。力を貸して」

「どういうことですか？」

「明日、お通夜に？」

「伺います」

「そのとき、少し時間をちょうだい。お願いよ」

「分りました」

拒めないところがあった。あの少女には。

電話を切って、泰子のケータイへメールを送る。

「——チーフ」

と、あやめが不安そうに、「また、何か危いことに……」

「ね、明日のお通夜に社長が行かれるわ。あなたも来て」

と、爽香は言って、「ああ、忙しい！」

と、机の上の手紙を見て行った……。


「お帰りなさい」

と、由美は言った。

夫の久留修二と、父、小田宅治が帰って来たのは、もう午後も遅くなってからだった。

貫井聡子のマンションで待っていた。——自殺した浅野みずきの死体を運ぶのに、聡子の車を使ったのだ。

聡子は不満そうだったが、小田の命令に逆らえる立場ではない。

「あなた……」

由美は、疲れ切った夫の様子を見て、何も訊こうとはしなかった。

むろん、久留にとっては自業自得とも言える。しかし、それでもなお妻の由美が同情したくなるほど、久留は疲れ切って、青ざめていた。

「コーヒーをいれてくれ」

と言ったのは小田だった。

聡子が黙って台所に立つ。

「会社へは？」

と、由美が訊いた。

「休むとメールを入れた」

久留はソファにぐったりと身を沈めた。

「いかん」

と、小田が言った。「遅くなってもいい。出社しろ」

「お父さん――」

「貫井君も休んでいるのだろう。二人揃って、突然の休暇は疑われる」

「でも、今はとても……」

「夜でもいい。顔を出せ。いつもと同じように過すんだ」

久留は諦めたように、

「分りました」

と言った。

聡子がいれたコーヒーを飲んで、久留はやっと少し元気になった。

「お父さん……」

と、由美が言いかけると、

「何も訊くな」

と、小田は言った。「何も知らん方がいい。——どこかに、あの女を埋めて来た。それだけ分っていればいい」

「うん……」

由美も肯くしかなかった。

どこかの山の中か、それとも湖の底に沈めたか……。知らずにいれば、その方が気楽だ。

「いいか」

と、小田は言った。「久留君は、あの死んだ女の身内や親類を調べておけ。彼女の住んでいる所は知ってるのか?」

「もちろんよね」

と、由美が言った。「部屋の鍵だって持ってるでしょ」

久留は渋い顔で、

「どうして知ってるんだ」

「分るわよ。引出しの奥に、見たことのない鍵が入ってりゃ気が付くでしょ」

「明日にでも、由美と二人でその部屋へ行って、君のことが分るような品や手紙などを取って来い」

と、小田が命じた。

「私も行くの？」

由美がふくれっつらになる。

「女の目で、よく部屋を探せ。男では気が付かんこともある」

「分ったわ」

「アパートか？　では人の出入りの少ない時間を選んで行くんだ。主婦が多いなら、買物に行く午後がいい」

「分りました」

と、久留は肯いたが、「会社で会議があって……。いや、打合せだ。予定を変えてもらいます」

「そうしろ。それから貫井君」

「私も何かするの？」

と、聡子が眉をひそめる。

「当り前だ。あの車を処分するんだ」

「車を？」

「死体を運んだんだぞ。痕跡だって残っている。走行距離から、どこまで行ったか見当もつく」

「処分するって……どうするんですか？」

「どこかへ乗り捨てて来てもいい。ナンバープレートを外して放置しておく奴はいくらもいる」

「あれ、新車なのに……」

と、聡子が情けない声を出した。「車がないと困るんです、私」

「久留君、一台買ってやれ」

「は？」

「共犯者になるんだ。一人だけ損をするのはよくない」

「じゃ、新車にしてね！」

聡子はとたんに元気になった。由美は、

「何でうちが……」

と、ブツブツ言っていた。

「ともかく、人間一人、消すのは簡単じゃないんだ」

　小田の言葉には重みがあった……。


「もうだめだ」

　爽香は頭をブルブルッと振って、「パソコンの画面が、かすんで見えない」

「もう帰って下さい、チーフ」

　と、あやめが言った。「明日でも大丈夫ですよ、その件は」

「そうね。いつまでも会社にいても……」

　爽香は思い切り伸びをして、「じゃ、先に帰るわ。あやめちゃんも適当に切り上げてね」

「はい。私はこの後、旦那とパーティに出るんで」

「お元気ね」

　と、爽香は笑って言った。「よろしく言って」

「分りました」

　久保坂あやめの夫は日本画壇の巨匠、堀口豊（ほりぐちゆたか）である。九十三歳だが、至って元気だ。

　あやめのような若い妻を持ったせいかもしれない。

　爽香は着替えをして、オフィスを出た。

エレベーターの中でも欠伸が出て、

「お疲れですね」

と、ビルの清掃会社の女性に言われたりした。

一階のロビーへ出ると、爽香はケータイを取り出した。明男がもし帰っていたら、親子三人で外食しようかと思ったのである。

「――じゃあ、大丈夫？」

明男もちょうど家へ帰ったところだったので、珠実を連れて駅前のモールで待ち合せることにした。

最近オープンしたショッピングビルで、レストランもいくつか入っている。

「それじゃ、入口の広場でね。今、会社を出たところだから」

爽香は通話を切って、ビルを出ようとしたが――。

「おばちゃん」

という声に振り向く。

「あら。――瞳ちゃん！　どうしたの？」

兄、充夫のところの末っ子だ。

もう十六歳の高校生。セーラー服がよく似合う子である。

「ごめんね、急に来ちゃって」

「いいのよ。何か——相談ごと？」

「うん……。もし、時間があったら」

「時間ね。——今日は、家族で外食することにして、今、約束したところなの」

「じゃあ、今日でなくても」

そう言われると、爽香も気にしてしまう。

「それじゃ……どう？　一緒にご飯食べない？　おばあちゃんには電話しとけばいいでしょ？」

瞳は目を輝かせて、

「いいの？」

「もちろんよ！　珠実ちゃんのことも、見てやって。——一緒に行きましょ」

「うん！」

——瞳は末っ子ではあるが、あまりのんびりした印象がない。控えめで、言いたいことも呑み込んでしまうタイプだ。

「——お父さんはどう？」

と、爽香は兄、充夫の様子を訊いた。

「うん……。ここんとこ、あんまり口きかない」

と、瞳は言った。

「もしかして、瞳ちゃんの相談って、お父さんのこと？」

と、二人で外を歩きながら、爽香は訊いた。

「そうじゃない」

と、瞳はすぐに否定して、「男の人との関係について」

「え？」

爽香は思わず足を止めていた。

7　憩いと悩み

「うん、これから四人で中華料理を食べるところ」

と、爽香は言った。「帰りがあまり遅くならないようにするから」

「分ったわ」

電話の相手は爽香の母、真江だ。

会社へ爽香を訪ねて来た姪の瞳と、家族一緒に食事するので、真江に知らせたのである。

「大丈夫よ。涼ちゃんが迎えに行くわ、駅まで」

と、真江が言って、「あ、ちょっと待って。綾香ちゃんが帰って来た」

真江が綾香に説明しているのが聞こえる。

「もしもし、おばちゃん」

と、綾香が言った。

「早いのね、今夜は」

「高須先生、今は原稿書くんでホテルに缶詰めになってるの」

「まあ。手伝わなくていいの？」

「必要なら呼ぶわよ。——瞳のこと、よろしく。よく食べるわよ、その体でも」

「ええ」

爽香は、一旦入った店から表に出かけていた。「綾香ちゃん。瞳ちゃんが何か相談したいらしいんだけど、見当つく？」

「さあ……。あんまり話す時間がないの。いつも私は遅いし。瞳も十六だものね。あんまり話したがらない」

「いいわ。何かあれば聞いておくから」

「あの子、あんまり思ってることを言わないのよね。おばちゃんなら話しても大丈夫って思ってるのかもしれない」

「喜んでいいのかしらね」

と、爽香は笑って言った。「涼ちゃんは元気？」

「ええ。なごみちゃんともうまく行ってるみたい」

「良かったわ。よろしく言ってね」

小さいころはずいぶん泣き虫だった涼も、今は大学生。岩元なごみという彼女もできて、頼もしくなって来た。

爽香が席に戻ると、

「おばあちゃん、何か言ってた？」

と、瞳が訊いた。

「ううん、何も。帰りは駅まで涼ちゃんが迎えに行くって」

「私、大丈夫なのに」

「だめだめ。用心しないと、最近は物騒だから」

注文は済ませていたので、すぐに前菜が出て来る。珠実はシューマイやギョーザが大好きなので、出て来るのを待ち構えていた。

ああ……。こうして元気で家族揃って食事ができる。爽香はこの光景が嬉しくて、フッと涙ぐんでいた。

おっと。——瞳の方に、何か相談ごとがあるのだ。一人で感慨に浸ってちゃいけない。

でも、明男や珠実のいるこの席では、却って話しにくいかもしれない。

しかも、瞳の相談というのは、「男の人との関係について」だというのだから。

食べ始めると、綾香の言葉が大げさでないことが分った。瞳の食べっぷりはみごとなものだ。

結局、料理を二皿、ギョーザも一皿追加することになったのだった……。

しかし、まあ——何か悩んでいるとしても、この食欲があれば心配なさそうだ。

「——ケータイ、鳴ってるよ」

と言ったのは瞳だった。

「え？　あ、本当だ。瞳ちゃん、耳いいのね！」

「合唱やってるもん、高校で」

「そうなんだ。——あ、ごめんね、ちょっと」

爽香は席を立って、店の表に出ながら、「はい、杉原です」

「あ、杉原爽香さん？　蔵本明子です」

〈M地所〉社長の妻だ。

「昨晩はご迷惑をおかけして」

「とんでもない！　おでこの傷、大丈夫ですか？」

「はい、もう……。ご心配いただいて」

「あの——明日、お通夜にはおいでになる？」

「はい、もちろん。社長と一緒に参ります」

「そのとき……。できれば少しお時間をいただきたいの」

「は……」

「今、ちょっと悩んでいることがあって」

と、明子は言った。「あなたには何でも話せるような気がするの」

「はあ……」

爽香は困惑した。相談といっても、相手は〈G興産〉と比べものにならない大手企業の社長夫人である。

いや、そんな地位や立場とは関係なく、明子も妻で、母でもある。当然、人並みに悩むこともあるだろうが……。

「あの、もちろんご迷惑をかけるようなことは決して――」

爽香がちょっと黙ってしまったので、明子は心配したのか、

「とんでもない！　お役に立てれば嬉しいです。ただ……あの、これは内緒にしていただきたいんですが」

「何でしょう？」

「明晩、お通夜のときに、もうお一人、ご相談のある方がいらっしゃるので」

「まあ、この家で？」

「はい。お嬢様です」

「泰子が？　まあ」

明子はちょっと笑って、「母娘であなたに相談ごとなんて」

「私みたいな未熟者に……」

「いいえ。あなたの誠実さが分るの。だから何でも話したくなるんですよ」

「分りました。娘の方が先約ということだから、私は後で結構です。明晩が無理でしたら、日を改めて」

「かしこまりました。あの――」

「大丈夫。泰子には何も言いません」

「よろしくお願いします」

「こちらこそ。泰子も私には何も話そうとしないから……。もうお家?」

「え? あ、今ですか。家族で外食しています」

「あら、ごめんなさい、お邪魔して」

「とんでもない」

爽香は通話を切った。――少しも偉ぶらないのが気持いい。

社長夫人という肩書を、ひけらかさない人は珍しいものだ。爽香も今度の仕事で、ずいぶん色々な業種の経営者と会って来たが、会うだけで疲れるという人が多い中、爽やかな笑顔で対等に接してくれる人と会うとホッとする。

人は、よほど自分を絶えず見張っていないと、我知らず人を見下すようになってしまうものだ。

「恐れ入ります」

「おばちゃん」

いつの間にか、瞳が出て来ていた。

「あ、今戻るところだったの」

「トイレって言って、立って来た」

「そう。でも、こんな立ち話じゃ……」

「詳しいことはメールするけど、おばちゃん、病院紹介してくれない？」

「病院？」

「妊娠したの」

爽香が青ざめると、瞳はあわてて、

「私じゃない！　私じゃなくて、友達なの！　同級生で仲のいい子なの」

「ああ！　びっくりさせないでよ！」

爽香は胸に手を当てて、「心臓止るかと思った！」

「おばちゃんの心臓は鋼鉄製だって、お兄ちゃんが言ってたよ」

「涼ちゃんが？　全く！」

爽香はため息をついて、「瞳ちゃん。そのお友達は、ちゃんとお母さんとかに話したの？　こっそり手術するっていうのは無理よ」

「うん、分ってる。まだ話してないみたいだけど、話さなきゃ、とは言ってる」

「よく知ってる病院に紹介してあげるのは難しくないけど、ともかく一度、親子で診察を受けに行かないと。後で影響が残らないようにしないとね」

「うん。どうすればいい？」

爽香は古い友人の医師、浜田今日子にその場で電話を入れた。話を聞いて、

「分った。産婦人科のいい先生に担当してもらいましょ。女医さんだから、話しやすいでしょうし」

「お願い。じゃ、名前などはメールする」

「分った。――あんたは元気なの？」

「まあね」

と、爽香は言って、「今、家族で食事中なの。またね」

爽香は、瞳に、

「明日、夜電話するから、詳しいことを教えて」

「はい」

「じゃ、戻ろう」

二人は食事の席に戻った。

じきに食事は終り、デザートに杏仁豆腐を食べながら、

「一つ、大切なことを言っとかないと」

と、爽香は言った。

「お母さん、社長になるの？」

と、珠実が言った。

「ちょっと！　そんなわけないでしょ」

「じゃ、スーパーマンになる？」

「あのね……。スーパーマンは男でしょ。お母さんは一応女なの」

と、爽香は言った。「珠実ちゃんのことよ。女の子の七歳。七五三のお祝しましょ、ってこと」

「ああ、そうだったな」

と、明男が言った。「いいな。可愛い着物が着られるぞ」

「苦しいから、やだ」

「大丈夫よ。じき十一月でしょ。どこか日曜日を空けてね」

と、爽香は明男に言った。

「私も見に行こう」

と、瞳が言った。「珠実ちゃん、きっと凄くよく似合うよ」

「そう？」

珠実が真顔でちょっと背筋を伸し、髪をなでつけたので、テーブルは笑いに包まれた……。

「うん、今電車に乗ったから。見当つけて迎えに来てね」

爽香は涼に電話して、大分空いて来た電車の中を見渡した。

「ごめんね、おばちゃん」

と、瞳は言った。「私一人で大丈夫なのに」

「分ってる。瞳ちゃんと二人で話もしたかったの」

明男は珠実を連れて先に帰り、爽香は瞳を実家の近くの駅まで送って行くことにしたのだ。駅に着けば、涼が迎えに来ている。

「ごちそうさま」

と、瞳は言った。「凄くおいしかった」

「そう？　良かったわ」

「でも——私、ちょっと食べ過ぎちゃったかな。よくお母さんに『あんたは大食いだ』って叱られてた」

「育ち盛りじゃないの。あんまり太ってもよくないけど、それくらいなら普通よ」

「そう？　鏡見ると、お尻とか大きくてやんなっちゃう」

瞳もやはり十六歳の女の子だ。

「今はしっかり体を作らないと。——太ってるとかからかわれても気にしちゃだめよ。

おばちゃんだって、自慢じゃないけど、瞳ちゃんくらいの年齢のころはちゃんと肉付き良かったよ」

「そう？　でも、明男おじちゃんに一度振られたんだってね」

「ちょっと！　そんな話、誰から聞いたの？」

「お姉ちゃん」

「全く……。男と女はね、色々あるの」

「そうだよね」

と、瞳は肯いた。

「瞳ちゃん……。お友達のことは分ったけど、瞳ちゃん自身のことは？　何か、悩んでることとか、ないの？」

と、爽香は訊いた。

「そりゃあ……ないこともない」

「そうよね。もう十六だもん。おばちゃんに話したいことがあったら、何でも言ってね」

「うん……。時々、思うの。私、一人だけこんなにのんびりしていいのかな、って」

「のんびり？」

「だって、お姉ちゃんは一生懸命働いてるし、お兄ちゃんだって色々バイトしてる。お父さんの病院でもお金かかるでしょ？　私も何かして、お金稼がなきゃいけないんじゃないか、って……」

「瞳ちゃん。大丈夫。この爽香おばちゃんがついてるでしょ。あなたが心配しなくてもいいのよ」

「うん、知ってる。おばちゃんがうちをずいぶん助けてくれてるって。お姉ちゃんが、いつも『瞳はおばちゃんに恩返ししなきゃいけないのよ』って言ってる」

「あらあら。──うちは大丈夫よ。瞳ちゃんはやさしいわね」

「でも、おばちゃんだって、老後のこと考えなきゃいけないでしょ？」

爽香は答えようがなくて、ケータイを取り出した。

「あ、もう涼ちゃんが駅に着いたって」

──間もなく電車が駅に着いて、二人は降りた。

改札口で涼が手を振っている。

「じゃ、確かに渡したわよ」

と、爽香は言って、「瞳ちゃん、またね」

「はい。明日の電話、待ってる」

「ええ、分ったわ」

「内緒の話か？」

と、涼が言った。

「女同士の話、ね？」

爽香はそう言って、「あ、電車来そうだ。それじゃ、気を付けてね」

と、あわててホームへと戻って行った。

8　通夜の客

「大したもんだな」

と、田端将夫が言った。

「きっと大勢みえますよ」

と、爽香は言った。「ここで車を降りましょう。駐車場へは案内してくれる人がいるでしょうから」

斎場の門には、大きなパネルで、〈蔵本正史〉の名前が出ていた。

田端と爽香、それに久保坂あやめの三人は、門を入った所で車を降りて、並んでいる〈M地所〉の社員たちの案内通りに進んで行った。

少し風の冷たい夜だった。亡くなった蔵本正史の通夜である。

受付が建物の中だったので、風にさらされて並ばずに済んだ。

自動扉を入ると、有本が立っていた。

「あ、有本さん」

と思います」

「どうも――。まだ時間がありますが、座っておられた方が。たぶん席が埋ってしまう

「そうするわ。ありがとう」

「家内は控室でお茶を出しています。もし良かったら顔を見て行って下さい」

「時間があればね。縁さんだって忙しいでしょ」

爽香たちは記帳を済ませて、会場へ入ろうとしたが、

「あ、ごめんなさい」

あやめが、後ろに立っていた男性にぶつかってしまったのだ。

「あ、いや……。こちらがぼんやりしていたので」

その男は確かに少しボーッとして立っていた。

「あ、久留さんですね」

と、あやめが気付いて言った。

「え……」

と、何となく焦点の合わないような目つきで、あやめを見ている。

「〈G興産〉の杉原です」

と、爽香が言うと、久留はやっといつもの表情に戻って、

「あ、これはどうも。――失礼しました」

あわてて、田端とも挨拶を交わした。

「何だかお疲れのようですね」

と、あやめが会場へ入りながら言った。

爽香は、記帳している久留の方をチラッと振り返って、

「そうね。目の下のくまもひどいし。ほとんど寝てないようね」

「あの女性と何かあったんでしょうかね。浅野みずきさんっていいましたね」

「あやめちゃん、よく人の名前を憶えてるわね！」

「何しろ『歩くメモ用紙』ですから」

と、あやめは澄まして言った。

三人が、適当に空いた席に座ろうとしていると、〈M地所〉の社員の女性がやって来て、

「〈G興産〉の田端様でいらっしゃいますね？」

と言った。

「そうです」

「前の方にお席を用意してございますので、どうぞ」

「これはどうも……」

田端は少し戸惑いながら、案内されて行った。

「大物扱いされて、喜んでますよ、社長」

と、あやめがそっと言った。

爽香は何も言わなかった。――見当はついた。

蔵本明子が配慮してくれたのだ。爽香にとって、彼女自身より社長の田端が大切にされる方が嬉しいのだと察しているのだろう。

広い会場なので、蔵本正一郎を始め、明子、娘の泰子など、遺族の席はずっと遠かった。

後から入って来た久留は、何だか落ちつかない様子で、キョロキョロ左右を見ていたが、爽香たちより少し後ろの席に座った。

「眠っちゃいそうですね、あの人」

と、あやめが言った。

すると――黒のスーツの女性が入って来て久留の隣の席にパッと座ったのである。

「あの人……どこかで」

と、あやめが呟く。

「コーヒーを出してくれた人よ、あの応接室で」

と、爽香が言ったので、あやめは悔しそうに、

「チーフに負けるなんて……」

「やめて、他の人に聞こえるわよ」

と、爽香は苦笑した。

久留はその女性が来るとは思っていなかった様子で、びっくりしていたが、そこへ次々に人が入って来て、会場はたちまち席が埋ってしまった。

「早く着いて良かったですね」

と、あやめが言った。

しかし、爽香の方は、こんな状況の中で、いつ蔵本泰子と話せばいいのだろう、と考えていたのである。

「ご遺族よりご焼香を」

というアナウンスが流れると、会場にホッとした空気が満ちた。

何しろ読経（どきょう）だけでなく、弔辞が長くて、列席した人たちはうんざりしていたのである。

やれやれ、これで帰れる……。

一般の焼香は何列にも並んだので、どんどん進んで行った。

田端は早々に焼香をすませて退出して行った。あやめが、

「車、確認します」

「お願いね、先に帰って下さいって言って」

「分りました」

あやめが小走りに出て行く。

あやめが戻らない内に、爽香に焼香の番が回って来た。爽香は型通りにすませると、遺族の席の前で足を止めた。

泰子がブレザーの制服姿で座っている。そして爽香と目が合うと、声を出さずに、口だけ動かして、

「外で」

と言った。

爽香は小さく肯いた。

流れに従って外へ出ると、あやめが見付けてやって来た。

「もうすんだんですか？」

「うん。社長は？」

「ついさっき、車で」

「それならいいわ。あなた、遅くなっちゃったけど……」

「はい、お焼香して来ます」

あやめが行ってしまうと、爽香は少し冷たい夜風をむしろ快（こころよ）く感じながら、立って

いた。

泰子も、一応お通夜が終らないと出て来られないだろう。

次々に出てくる客たちの車を呼んだりするのに、〈M地所〉の社員たちが忙しく駆け回っている。

「爽香さん!」

と、声がして、振り向くと有本縁がやって来た。

「あら、久しぶり」

と、爽香は言った。「電話くれてありがとう」

「いいえ。私、控室の係で」

「ええ、聞いたわ、ご主人から」

「あの——社長のお嬢様の泰子さんから言われてるんです。杉原さんに待っててもらってくれって」

「分りました。どこにいれば?」

「あと十五分くらいしたら、控室の隣に準備室っていうのがあります。そこへ来て下さいってことです」

「分ったわ。あなたも大変ね」

「いいえ! 赤ちゃんって見てて飽きないですね! 本当に楽しくて」

緑の笑顔は輝くようだ。爽香は安堵していた。

「十五分ね……」

と、腕時計を見て確かめる。

すると、

「失礼ですが……」

と、黒いスーツの女性が声をかけて来た。

「はあ……」

何だか、こんな場面、前にもあったような……。爽香はいやな予感がしたが、

「何か?」

「突然申し訳ありません。あの——〈Mパラダイス〉という会社の久留という人をご存知ありませんか?」

やっぱり来たか!

しかし、「知らない」とも言えず、

「存じてますよ」

「あの、ここへみえてます?」

「ええ……。たぶん、今、お焼香をされているところで……」

「すみません! ここへ呼んでいただけませんか」

声が上ずっていた。かなり緊張しているらしい。

「ここで待っていれば、じき出て来られると思いますよ」

と、爽香は言った。

「私、顔が分らないんです」

「そうですか。あなたは……」

「浅野小百合(さゆり)といいます」

浅野?——あの浅野みずきと同じ姓だ。

「あの——久留さんとお知り合いというわけでは……」

「姉が久留さんと」

やはりそうか。浅野みずきの妹なのだ。三十を少し出たくらいか。

姉の方をよく見ていたわけではないが、妹の方は目の大きな、可愛い顔立ちをしている。

「姉をご存知ですか」

と、小百合は訊いた。

「いえ知り合いというわけでは……。久留さんを訪ねて会社へおいでになったのを、たまたま見かけて」

どう説明していいか、難しいところだ。

そこへ、当の久留が、もう一人の女性と出て来た。爽香はホッとして、

「あの人です」

「ありがとう！」

浅野小百合は大股に歩いて行って、久留の前に出ると、

「久留さんですね」

と言った。

「何です？」

「私、浅野みずきの妹です」

爽香は、じっと見ていて、みずきの名が出たとたん、久留がたじろぐのが分った。そして一緒の女性も。

「妹だって？　妹がいるなんて言ってなかったが」

と、久留は何とか平静を保って言った。

「浅野小百合といいます」

「どうも……」

「姉はどこにいるんですか？」

小百合の口調は鋭かった。

「何のことです？　僕は何も――」

「とぼけないで下さい！　姉にはあなたしかいなかったんです。私や母を残して、どこかに一人で行ってしまうわけはありません」

「待って下さいな」

と、久留と一緒の女性が言った。

「あなたは？」

「同じ社の者です。貫井聡子といいます。ここではそういうお話は……」

「妙なんです」

と、小百合が言った。「姉は必ず寝る前に電話を入れて来ます。でもかかって来ないし、こちらからかけても通じない」

「いや、待って下さい」

と、久留は少し落ちついた様子で、「ともかく、ここにいては他の客も通る。どうでしょう、明日会社の方へ——」

「今、訊きたいんです。姉はどこにいるんですか！」

「声が大きい」

と、久留はあわてて言った。「ここはお通夜の席ですよ。こんな所で騒ぎを起しても仕方ないでしょう」

小百合は渋々という様子で、

「分りました。では、姉がどこにいるか——」

「僕は知りません！　本当ですよ」

「姉と付合っていたことは認めるんですね？」

「まあ……確かに」

久留は爽香の方を気にしているようだった。浅野みずきが、〈Mパラダイス〉を訪ねて行ったときのことを爽香に見られているので、妹の耳に入れたくないのだろう。

「ね、ともかくこちらへ」

久留は小百合を促して、斎場の門の方へと歩いて行った。

貫井聡子という女性は、少し間を置いてついて行こうとしたが、振り向くと爽香の方へやって来て、

「杉原さんですね」

と言った。「今のこと、どうかご内聞に」

爽香が何も言わない内に、貫井聡子はさっさと行ってしまった。

「まさか……」

浅野みずきの行方が分らない？

爽香は、また何か厄介なことに巻き込まれそうな気がして、ため息をついた。

9　内緒の話

〈準備室〉という札が目についた。

今夜のような通夜には、社員も大勢駆り出されているだろう。

爽香はそのドアをノックした。

少ししてドアを開けたのは、蔵本泰子だった。

「時間に正確ね」

と、泰子は言った。「中に入って」

「それじゃ……」

中は雑然としていた。テーブルと椅子。色々な荷物が山積みになっている。

「社員の方たちの？」

「ええ。でも、大丈夫。まだ当分帰れないから」

「泰子さんは、いなくていいんですか？」

「だって、来る人の顔なんて、知らないもの。――みんな仕事関係で」

「そうでしょうね」

「座って」

爽香は適当に椅子を引いて腰をおろした。

「――あのとき伝言しようとした方は、みえてるんですか？」

「いいえ。あれはそんなに偉い人じゃないの」

爽香はちょっと苦笑して、

「いい年齢の大人をつかまえて、『あれ』ですか」

泰子は笑って、

「いいの。仲いいんだもん」

「泰子さん。それで、私にご用というのは？」

泰子は椅子を爽香の近くへ寄せて、真顔になると、言った。

「私、言ったでしょ。この家にだって、殺人事件が起るかも、って」

「ええ。でも、まさか……」

「本当に起るかもしれないの」

泰子は念を押すように、「本当なのよ」

「待って下さい。――私は、お宅の事情も内情も全く知りません。突然そう言われても……」

「説明するわ。死んだお祖父ちゃんは、ともかく精力のある人だったの。奥さん以外に、いつも女の人を何人も囲ってたって」

「昔のタイプの経営者ですね」

「お父さんはもう四十九。叔母さん、会ったでしょ？」

「大野洋子さん、でしたね」

「そう。洋子叔母さん、三十四。お父さんと十五も離れてる。――洋子叔母さんは、お祖父ちゃんが他の女に生ませた子なの」

「そうですか。じゃ――沢本充さんはどういう人ですか？」

「充さんはお母さんの親類。詳しいことは分らないの。ただ、お父さんがどういうわけか、充さんの面倒をみてる。――ろくに仕事もしてないのに、〈M地所〉からお給料もらってて」

沢本充と大野洋子が、熱烈なラブシーンを演じていたことを、泰子は知っているのだろうか。

「お母様はいい方ですね」

と、爽香が言うと、

「欲ってものがないの。私なんか、苛々しちゃうことがあるわ」

「でも、もしお母様が『欲のある』方だったら、泰子さん、きっと他のことで苛々してますよ」

　爽香の言葉に、

「そうね」

　と、泰子は真顔で肯くと、「世の中って、なかなか思い通りにはいかないわね」

「十六歳の言葉ですか、それ？」

「ともかく――」

　と、泰子は改って、「あの伝言頼んだ人、本木重治っていうの。妙な出会いだったのよ。この春……。半年くらい前だったわ」


〈M地所〉の会長、蔵本正史のケータイに直接かけられる人間は、数えるほどしかいない。

　かけたところで、気が向かなければ出ないのがいつもである。そんな中、必ず出てくれるのは――孫の泰子からの電話だった。

　その日も、

「あ、お祖父ちゃん？」

「何だ、泰子、どうした」

「今、会社の向いの公園なの。お昼、おごって」

「いいとも。何が食べたい？」

「せっかくだから、この間行ったフレンチのランチがいい」

「ああ、分った。公園で待ってるか？」

「うん、あったかいしね、今日。池のそばのベンチで座ってる」

「分った」

と、蔵本正史は言った。「一本電話するところがある。十分で行くよ」

「あんまり待たせないでね。お腹空いてるんだから」

「ああ、分ってる」

と、祖父は笑って言った。

――泰子は通話を切ると、

「元気だなあ」

じき九十歳になるというのに、祖父蔵本正史は至って元気だ。もちろん〈M地所〉には、毎日朝八時半に出勤して、九時ぴったりに仕事を始める。

今日は高校が午後お休みで、泰子は地下鉄で都心に出て来た。〈M地所〉の近くの駅まで、二十分足らずだ。

新学年が始まって、まだそうたたないので、勉強にも身が入らない。――とは、都合のいい言いわけだが。

あと十五分ほどで、お昼休みになる。この公園のベンチも、特に陽気のいい季節、持参したお弁当を食べに来るＯＬたちで一杯になるのだ。でも、今はまだ公園の中は静かだった。

――ベンチの真中に座っていればよかったのだ。それなら、他の人間が同じベンチに座ることはなかっただろう。

たまたま、ベンチの真中辺りが少し汚れて見えたので、泰子は端に寄って座った。そして、祖父の来るのを待っていたのだが――。

背広姿の中年の男が、同じベンチの反対の端の方に腰をおろしたのである。――といっても、小さなベンチで、二人の間はせいぜい一メートルぐらいしか離れていなかった。

何よ、わざわざこのベンチに座らなくたって……。

泰子はチラッとその男の方をにらんだ。

くたびれた背広。ズボンはしわだらけで、靴は泥が乾いてこびりついている。ネクタイをしてはいるが、歪んで、しかも緩み っ放し。

疲れたサラリーマンって、こういう人のことを言うのね。泰子は、男が膝にのせた鞄――これも角のすり切れた年代物だ――から雑誌を取り出すのを見た。

見覚えがあった。経済誌で、祖父、蔵本正史のインタビュー記事が載ったので、目にしていたのである。

男は何だか難しい顔つきで、雑誌のページをめくり始めた。そして——泰子は、男が祖父のインタビューのページを見ているのに気付いた。

三ページのインタビュー記事で、一ページめは、ほぼページの三分の二が、祖父の写真だった。祖父が好きな美術館の建物を背景に、三つ揃いがいかにも似合っている。

とても九十歳とは思えない姿だった。

蔵本正史自身も、そのインタビューページが気に入っていたようで、雑誌をわざと家族の目につくように居間のテーブルの上に置いてあったりした。

だが、今そのページを見ている男の表情は奇妙だった。

泰子は男が唇を歪め、祖父の写真をじっとにらんでいたと思うと、いきなりそのページをわしづかみにしてビリビリと破り取るのを見て息を呑んだ。さらに、男は憎々しげに破り取ったページを手の中でギュッと握り潰し、足下へ叩きつけるように投げ捨てた。

この人……。お祖父ちゃんに恨みがあるんだろうか。

少なくとも、ただ「嫌いだ」というだけなら、あそこまでやらないだろう。

そして、泰子はハッとした。——正に、今祖父、蔵本正史がここへやって来ようとしているのだ。

泰子は、すぐに立ち上って、ベンチを去れば良かったのである。祖父がどこから来るかは分っている。こっちから出向いて行けば、出会うだろう。

当然そうだったのだが——。

だが、どういうわけか、泰子はベンチに座ったままだった。そして、その男に、

「すみませんけど……」

と話しかけていた。「どうして、そのページ、破ったんですか？」

男が泰子の方を向くのに、少し間があった。まさか自分が話しかけられているとは思わなかったのだろう。

「——え？」

と、キョトンとして泰子を見た。

泰子は同じ問いをくり返した。

男は、訊かれたことの意味が分らない様子で、

「どうして、って……」

と、泰子を見た。

「私、蔵本正史の孫なんです」

自分でもどうしてか分らなかったが、泰子はそう話していた。「何か祖父のこと、恨んでるんですか？」

男は啞然として、

「孫？　君が？」

「ええ。本当ですよ」

「そう」

男は、あまりに意外な話で、どう答えていいのか分らなかったようで、

「それは……ごめん」

と謝った。

「いえ……。何か理由があるんでしたら、教えて下さい」

男はちょっとあわてた様子で、

「いや……。別に、君とは関係ないから。うん、そうなんだ」

と、急いで雑誌を鞄の中へ押し込んだが、無理をしたせいで鞄が膝の上から滑り落ちそうになり、「わっ!」

と、ひと声、鞄を押えたものの、鞄は逆さになって、中身が派手に落ちて散らばった。

男は真赤になって、落ちた物を拾って鞄へ戻した。泰子も、自分の足下に転って来たゴルフボールだのサインペンだのを拾った。

そして、散らばっていたのは数枚の名刺。どれも同じものだった。

「〈本木重治〉さんっていうんですか」

泰子は一枚を手にして言った。

「どうでもいいでしょ、そんなこと」

男は、早口に言って、「じゃあ……失礼！」

と、鞄を抱えて、逃げるように立ち去った。

「――変な人」

手にした名刺一枚。〈本木重治〉って何者だろう、と泰子は首をかしげた。

そこへ、

「やあ」

当の蔵本正史が笑顔でやって来た。

泰子は名刺を急いでブレザーのポケットへ入れ、

「お祖父ちゃん、早いね」

と言った。


「あ、ごめん」

準備室のドアが開いて、顔を出したのは、沢本充だった。そして、爽香を見ると、

「ああ、何だ、あのときの……」

「充さん、何か用？」

と、泰子が訊いた。

「これから社員が片付け始めるっていうんでね。色々段ボールに詰めるのにここを使

うって」

「そう……。爽香さん、ごめんなさい」

と、泰子は立ち上って、「私も席に戻った方がよさそうね」

「ああ、『どこに行ったのかしら』って、明子さん、気にしてたぜ」

「じゃあ……。また改めて」

「ええ、分りました」

と、爽香も立ち上って、「いつでも連絡して下さいな」

——何だか、今の話ではさっぱり分らないことばかりだが、爽香はともかく準備室を出たのだった……。

「どうするのよ」

と、貫井聡子は言った。

「どうする、って言ったって……」

久留修二は、はっきり答えず、「僕だって分らないよ」

「妹がいるって知らなかったの？」

「知らない。あいつは何も言ってなかった」

——斎場の外、二人はタクシーを停めて、渋る浅野小百合を乗せて帰したところだった。

「何か言いわけを考えておかないと」

と、聡子が言った。「あの人――小田さんだっけ。妹がいたなんて知れたら、何て言われるか」

「だから、内緒にしよう。な？」

「でも、今の子にどうやって納得させるの？」

――姉の行方を、何としてもあの妹は突き止めようとするだろう。

今は何とか言いくるめて帰したが……。

「あの杉原さんにも見られちゃったしね」

そうだった。――久留は嘆息した。

あの、ビルの受付での騒ぎ。聡子はまだ知らないようだが、当然噂になって、やがて聡子の耳にも入るだろう。

あの浅野小百合が、もし姉の失踪を怪しんで警察へ届けたら……。当然、久留が疑われるだろう。

冗談じゃない！　俺が殺したわけでもないのに。あいつが勝手に死んだだけだ。それなのに……。

いや、何としても、あの妹を黙らせなくては。どうにかして。何としてでも……。

「――どうしたの、怖い顔して」

聡子に言われてハッと我に返ると、

「何でもないよ」

と、久留はいつもの笑顔を見せて、「今考えても、疲れるだけさ。今夜一晩、ぐっすり寝て、明日考えよう。きっと、いい考えが浮かぶよ」

「そうかしら」

「大丈夫さ」

久留は聡子の腕を取って、「さ、ちょっと飲んで帰ろう」

と言った。

10　転　換

「チーフ」

久保坂あやめが、昼食から戻った爽香を見るなり、立ち上ってやって来た。

「何よ、怖いわね」

と、爽香は席について、「そういうときのあやめちゃんの顔、迫力あるわ」

「冗談言ってる場合じゃ——」

と言いかけて、あやめはファックスを一枚、爽香の机の上に置いた。「来ましたよ」

そのファックスは、〈プロジェクトの今後の方針についての説明会〉とタイトルがついていた。

「明日？　ずいぶん急ね」

と、爽香は言った。「でも、出ないわけにいかないわね」

ファックスは〈M地所〉の社長、蔵本正一郎の名前で出ている。——明日午後二時から、〈M地所〉の会議室。

話の内容については、全く触れられていない。文面からみて、プロジェクトに係るすべての企業に出されているだろうと思われた。

「方針転換ですかね」

と、あやめが言った。

有本縁が忠告してくれたように、会長の死で、蔵本正一郎は自分のやり方を通せるようになったのだ。どこをどう変えるのか、見当もつかない。

「でも、相当進んでるところもあるわけですし……」

と、あやめは言った。

「そうね。銀行はそう大幅な方針転換を認めないでしょうし」

「うちは大丈夫ですよね」

「分らないわよ、私に訊かれたって」

「だって、蔵本社長の奥さんとも仲良くなったんでしょ」

「それはそれ。ビジネスはそう甘いもんじゃないわ」

爽香はファックスをもう一度見直して、「ともかく、明日の話次第でどうなるかね」

と言った……。

今日は気持いい。

杉原瞳は、昼休み、青空を見上げていた。何か歌い出したくなりそうだ。

もうすぐ十一月。──学校では文化祭がある。

瞳の所属している合唱部では、三曲発表することになっていて、今、その練習で大変だった。

もっとも、一年生の瞳は三曲の内、一曲だけに出ればいい。二年生、三年生は、人数があまりいないこともあって、三曲全部歌う。

この女子校に入ったのは、別に瞳の希望ではない。ほとんど偶然のようなものだったが、今の瞳はその偶然が運命だったに違いないと思っていた。

校庭はそう広くないが、昼休みにランニングしている子が数人いるだけで、あまり校庭に出て来る子はいない。瞳はベンチに座って、小さな声で今度の文化祭で歌うパートを口ずさんでいた。

「杉原さん」

突然呼ばれて、瞳はあわてて立ち上った。その弾みで膝にのせていた文庫本が落ちた。

「ごめん、びっくりさせた?」

と、やって来たのは、同じ合唱部の三年生邦山(くにやま)みちるである。

「いえ、ボーッとしてたんで」

あわてて文庫本を拾って、「すみません、邦山先輩」

「だめだめ」

と、邦山みちるはベンチにかけると、「そんな言い方しないって決めたでしょ」

「はい」

「座って。——本読んでたの？　偉いわね、よく本読んでて」

「いえ、別に……」

「私も、『杉原さん』って呼んじゃった。『瞳さん』って呼ぶことになってたわね。あなたは私のこと、『みちるさん』って」

「そうですけど……。やっぱり何だか図々しい気がして」

「そんなことないわよ。一緒に歌ってるときは、先輩も後輩もない」

「はい」

「ちょっと相談があって来たの」

「何ですか？」

「あなた、一曲だけよね、文化祭」

「はい。〈夏の思い出〉です」

「今、残りの二曲、練習してるんだけど、メゾが足りなくて、どうもうまくいかないの。特に〈星の夜〉がね。あれ、メゾのパートが難しいから」

「そうですね」

「ね、瞳さん、あなた入ってくれない？」

「え？」

瞳は目を見開いて、「今からですか？」

「大変だと思うけど、あなたなら大丈夫だと思うの。歌、憶えてるでしょ？」

「ええ。でも今から……」

「うん、気が重いのは分る。でも、今のままじゃ……」

「それに――他にもいます、一年生で上手な人」

「それも承知。でも、あの歌にはあなたの声が合うと思うの。少し低い方で、暗めの声でしょ。同じメゾでも、ソプラノに近い明るい声だと、うまく溶け合わない」

「はあ……」

「どう？　すぐ返事してとは言わないけど、もう時間もないし。明日の練習から出てほしいのよ」

もちろんです！　喜んで出ます！

瞳は心の中ではそう叫んでいた。でも、他の一年生部員がどう思うか。

瞳は、そういう立場で目立ちたくなかった。

「じゃあ……考えてみます」

と、瞳は弱々しい声で言った。

「うん。お願いよ」

邦山みちるは、瞳の手に自分の手を重ねて、軽く握った。——瞳の頬が、カッと熱くなった。

「——まだ座ってる?」

と、みちるが訊いた。

「いえ、もう戻ります」

「じゃ、行きましょう」

と、みちるが促した。

「はい」

瞳は、みちるについて歩き出した。——みちるさんと同じ地面を踏んでる!

それだけで、瞳は幸せだった……。


「どこに行っちゃったのかしら?」

昼休み、会社に戻って来た貫井聡子は、庶務の女性が困った様子で言っているのを耳にして、足を止めた。

「どうしたの?」

「あ、貫井さん、知りません? 久留部長がどこにいるか」

「部長が？　知らないわね。私、午前中外出してたから」

「そうですか。――困ったわ。この伝票に印もらわないといけないのに」

「席にいないの？」

「午前中ずっとなんです。ケータイにもかけたんですけど、電源入ってないみたいで」

「そう」

聡子も気になった。「伝票見せて」

「あ、これです」

「ああ、分ったわ。前にも出してるわね。いいわ、私が代りに押しとく」

「すみません！　助かります！」

他の課の女性には、その伝票がどの程度重要なものか分らないだろう。聡子は代理で印を押して、

「これで大丈夫よ。部長には私から言っとくから」

「お願いします！　ありがとう」

小走りに行ってしまう後ろ姿を見送って、

「若いっていいわね」

と、聡子は呟いた。

あの子は確か二十三、四だろう。

聡子だって、まだ三十。充分に若い。しかし、久留の子を宿している身としては、もう「若い」とは言っていられないのだ。

聡子は化粧室へ行くと、戻る前に階段の辺りに行って、ケータイで久留へかけてみた。

呼出してはいる。しかし――。

「聡子、君か」

「ああ、出たのね。庶務の子が捜してたから」

「忙しかったんだ」

久留の声は、妙に上ずっていて、普通ではなかった。「君、今どこだ?」

「会社よ。あなた、どこにいるの?」

「もうじき帰るよ」

と、久留は言った。

「何してるの? 何だか声がおかしいわ」

「聡子。今、出て来られるか」

「私が? そりゃあ……。出られないことはないけど、どこへ?」

「Kホテル。知ってるだろ?」

「ええと……。ああ、ビジネスホテルね。確か新宿辺りの」

「うん。そこにいる。――来てくれるか」

「いいけど……。何なの、一体？」

「ここに……浅野小百合が泊ってる」

浅野みずきの妹だ。ゆうべの通夜で、姉の居場所を久留に問い詰めていた。

「話をつけたの？」

「これからだ」

と、久留は言った。「君もいてくれると、心強い」

「でも……」

聡子は迷った。これ以上、係り合いになりたくなかった。

「頼むよ。君でなきゃだめなんだ」

久留にそう言われると、聡子も弱い。

「分ったわ。今から出る。二十分ぐらいかかるわよ」

「ああ、待ってる」

聡子は通話を切って、ちょっと首をかしげた。——あの人、何だかおかしかったわ。

ともかく、聡子は一旦席に戻ると、外出届けを書いて、急いで仕度をした。

「ちょっと出て来るわね」

と、隣の席の子へ声をかけ、コートをはおって出た。

地下鉄が早いだろう。

ビルを出て、地下鉄の駅へ。——地下の改札口へと急ぐ。
売店に、タブロイド紙が並んでいる。
〈三角関係、血の清算!〉という見出しが大げさに目につく。
殺人事件ね。——今はわけの分らない殺人が多い。
もちろん、浅野みずきは自分で勝手に死んだ。殺されたわけじゃない。
聡子はピタリと足を止めた。
「まさか……」
久留にはあの妹が邪魔な存在だ。もちろん、これから話すというのだから……。
いや、もしかしたら、久留はもう浅野小百合を殺してしまったのかもしれない。
あの妙に上ずった声。——万一、と思ったことが、どんどん本当らしく思えてくる。
いや、まさか……。
聡子は必死で打ち消した。——いくら何でも、そこまではやるまい。
でも、もし本当に……。
聡子は足を止めたまま、動かなかった。
自分まで殺人の共犯にされるのはかなわない。いくら恋人といっても……。
行くべきか、やめておくべきか。
聡子は立ち止ったまま、動けなかった……。

11　迷い

どうしたらいいだろう。

貫井聡子は、立ちすくんだまま、地下鉄の改札口の手前で動けずにいた。

「落ちついて」

と、自分に向って呟く。「冷静に考えるのよ、冷静に」

聡子は地下道にある立ち飲みのコーヒーショップに入って、コーヒーを買った。

カウンターの一番隅に立って、ブラックのコーヒーを少しずつ飲む。

そう。――一番避けなくてはならないのは、久留に「殺人の共犯」にされてしまうことだ。

いや、もちろん浅野小百合が殺されたと決ったわけではない。だが、最悪の事態を考えておくのは大切だろう。

では、今どうしたらいいか？

久留は聡子を待っている。もし本当にこれから浅野小百合と会うにしても、どう話すつもりなのか。小百合は姉がどうなったか、何が何でも知りたがっている。説得したり、もし金を積んでも、それで引っ込むことはあるまい。むしろ、そんなことをしたら、怪しまれるだけだ。

「そう……」

こんな事態を何とかできる人間がいるとしたら——あの、小田だろう。元警官で、しかも久留の義父。そして自ら、浅野みずきの死体を始末している。

「そうだわ」

みずきの妹の存在は、いずれ小田に知れずにはいない。それならいっそ、こっちから知らせて謝ってしまおう。

少し迷ったものの、一旦決心すると、聡子はすぐにケータイを取り出して、小田へかけた。ケータイ番号を聞いておいて良かった。

しばらく呼出し音が続いてから、

「小田だ」

と、向うが出た。

さっきの久留の上ずった声と違って、落ちついたその声音に、聡子は安堵した。

「あの——貫井聡子です」

「ああ。どうした?」

「実は……ご相談したいことが」

「話してみなさい」

「浅野みずきのことですが。実は妹がやって来まして、姉の行方を訊かれたんです」

少し間があった。それから小田は、

「どういうことか、詳しく話してくれ」

と、変らぬ口調で言った。

聡子はちょっと息をついてから、蔵本正史の通夜の場に、浅野みずきの妹、小百合が現われて、久留に姉のことを激しい口調で問い詰めたことを話した。

そして、今久留が小百合に会いに行くと言っていることも。

「――私、心配なんです。久留さんが何かとんでもないことをしやしないかと思って」

と、聡子は言った。「私、どうしたらいいでしょう?」

小田は少し考え込んでいるようだったが、やがて、

「君の心配はよく分る」

と言った。「まさか、久留もそこまではやるまいが、用心に越したことはない」

「私、どうすれば――」

「今、その妹の泊っているホテルは、どこと言ったね?」

「Kホテルです。新宿にあるビジネスホテルですわ」

「よし、では私も同行しよう」

「そうしていただけると……」

「では、Kホテルのどこか近くで待ち合せることにしよう」

「はい！」

聡子の気分はすっかり変っていた。

Kホテルの向いに、今聡子のいるのと同じチェーン店があることを思い出して、そこで小田と会うことにした。

「私も、三十分あれば行けると思う」

と、小田は言った。「久留が何か言って来たら、事故で電車が遅れている、とでも言っておけ」

「そうします」

通話を切ると、聡子は体全体で息をついた。――もう大丈夫。小田がついていてくれる！

ともかく、どうするか自分で決める必要がなくなったこと。それが何より嬉しかったのである。

「じゃ、行こう」

と呟くと、聡子はKホテルへと向ったのだった……。

ただの箱。――Kホテルは、そういう外観である。

泊まればいい、というビジネスホテルだから、「箱」でいいのだろう。

聡子は、Kホテルの向いのコーヒーショップへと入って行った。奥の席に、小田宅治はもう来てコーヒーを飲んでいた。

「どうも」

と、聡子は会釈して、「お早かったんですね」

「タクシーで来た」

と、小田は言った。「君も何か飲め。私はコーヒーを飲んでからでないと、何事も手につかないんだ」

「分りました」

聡子は、もうコーヒーは飲みたくなかった。コーラにして、席に着くと、

「久留さんは……」

「全く、困った奴だな」

と、小田は苦笑して、「悪いこともろくにできん。善人よりよほど始末が悪い」

「深遠なお言葉ですね」

「その浅野みずきの妹というのは、金で口を閉じさせられそうか」

と、小田は訊いた。

「とても無理だと思います。あの剣幕では……」

「そうか。――止むを得んな」

と、小田は言った。

聡子のバッグでケータイが鳴った。

「久留さんからだわ」

「じきに着くと、そう言っておけ」

「分りました」

聡子はケータイを手に店の外へ出た。

「もしもし」

「聡子、どこにいるんだ?」

「近くまで来てるわ。ホテルの正面で待っていて」

とだけ言って、切った。

席に戻ると、小田はコーヒーを飲み干したところで、聡子も急いでコーラを飲んだ。

二人は外へ出た。

Kホテルの入口のガラス扉の奥に、久留の姿があった。

「何かいい方法があるでしょうか」

と、聡子は小田に言った。

「まあ、話をしてみてからだな」

と、小田は少しも動じる様子がない。

聡子は、Ｋホテルの中へ入って行った。

「遅かったな」

と、久留が言った。

「小田さんに連絡して、おいでいただいたの」

久留はあまり驚いた様子もなく、

「わざわざどうも」

と、小田の方へ会釈した。

ビジネスホテルなので、フロントは無人だ。三人はエレベーターで、浅野小百合の部屋へと向った。

「どう話すつもり？」

と、聡子はエレベーターの中で訊いた。

「どうするかな」

久留の言い方に、聡子はムッとして、

「そんな無責任な言い方……」

と言いかけたが、よろけてエレベーターの壁によりかかった。

「どうした?」

と、小田が訊く。

「何だか……急にめまいがして……」

とても立っていられなくなって、聡子はエレベーターの床にしゃがみ込んだ。

エレベーターが停り、扉が開く。

「お願い……。手を貸して」

と、聡子はもつれる舌で言ったが、もう手を持ち上げることもできなかった。

どうしたの? 一体何が——。

目の前が暗くなって、聡子は何も分らないまま、床に倒れた。


ここが私の居場所。

そう思える所があるのは幸せというものだろう。——特に「お金がかからない所」という点も、杉原瞳にはありがたかった。

ここは図書館である。学校の帰り、瞳はよくここへ寄る。週に二度。多いときは三度。ほとんど一日置きに寄ることもあった。

家まで歩いて十分ほどだから、少し遅くなっても大丈夫。公立の図書館なので、色々やかましい規則もあるが、瞳のように、一人で静かに本を読んでいたいという子には向いている。

開架式なので自由に本棚の間を巡って、読む本を選べる。――何を読もうか。

迷いながら歩いている時間が、瞳は好きである。

「あ……。ヘッセ、戻ってる」

この間来たとき、貸し出されていた本が棚にあった。喜んで手に取る。

めくって、早くも一ページめを読みながら鞄を置いた席へと戻った。

――今日の瞳は、本だけに集中できない事情があった。先輩の邦山みちるに頼まれた合唱のことだ。

同じ一年生から文句が出ないか、気になったが、それでも邦山みちるに頼まれれば断れないことも分っていた。みちるは、

「大丈夫。何か言われたら、私に言いなさい。受けて立つから」

まさか。――そんなことをすれば、ますます嫌われるだけだ。

みちるはもう来年卒業して行くが、瞳にはまだ二年以上、高校生活が残っている。

でも、もちろん、やるしかない。みちるを失望させることなど、瞳には考えられなかった。

そう。今はこのドイツ文学の世界に浸っていよう。ドイツの森を歩き、湖で水浴びを

して、大人になる前の「青春」を活字の中で味わおう……。

読書しながら飲物を飲むことは許されていた。瞳は少し喉が渇いて、席を立つと、図書館のロビーにある自動販売機で、ジュースを買った。

紙コップを手に席へ戻る。座り直して、ジュースを一口飲み、本を開くと――。

「え?」

挟んでおいたしおりの他に、折りたたんだ紙が入っていたのだ。こんなもの、なかったのに……。

手に取って開いてみた。――ため息をつく。

書きなぐったとしか言えない文字で、

〈瞳ちゃん!

見かけて嬉しかったけど、読書のジャマしちゃいけないので、手紙にする。今度の土曜日、映画見に行かないか?

夜、メールするから、返事をくれよ。

登(のぼる)〉

「もう……」

瞳は周囲を見回した。大方、まだその辺にいるはずだ。

瞳は仕方なくその手紙を手帳に挟んだ。

水沼(みずぬま)登は合唱部の発表会で一緒になった、男子校の高一生である。同じ十六歳だが、ヒョロリと背が高く、どうやら噂では「女の子にもてる」と評判らしい。

でも、瞳から見ると、何だか体ばっかり大きい「子供」のようで、直接話したことは二、三度しかないが、およそ共通の話題はなかった。

発表会の打上げのとき、コンサートに誘われたが、断った。それ以来、手紙やメールがちょくちょく来るようになったのである。

知らないわ。——瞳は再び本に熱中した。

週末など、文化祭のための練習で映画どころじゃない。

そう言ってやればいい。少なくとも、断る口実が見付かって、瞳は安堵していた……。


今日は五時で帰れそう。

たいてい、そう思ったとたん、仕事が入ってしまう。——これは勤め人なら、誰でも経験のあることだろう。

爽香も、四時五十分になって、パソコンにメールが入って来ないのを見て、「今日は大丈夫かも……」と思ったところだった。

ケータイが鳴った。

「あ……」

出ないわけにはいかない。蔵本明子からである。

「——はい、杉原でございます」

と出ると、

「お仕事中、すみません」

と、ていねいに、「今、お話できます?」

いやとも言えず、

「はい、大丈夫です」

「今夜、お目にかかれないかしら」

——明日は説明会がある。関係ないだろうが、それでも……。

少し迷ったものの、

「分りました。もちろん大丈夫です」

と答えている爽香だった。

12　予　感

「もう帰らないと」

と、由美は壁の時計に目をやって言った。「――あらあら」

TVを見ていた和郎は、いやにおとなしいと思ったら、ソファで眠ってしまっている。

「泊っていけば？」

と、母、小田さとが紅茶を運んで来る。

「そんなわけにいかないわ。明日は学校があるもの」

と、由美は言った。「大丈夫。車だもの。後ろに寝かせて帰るわ」

夕飯を食べて、お腹が一杯になった和郎が居眠りしてしまうのは当然だ。

「お父さん、遅いわね」

と、由美はバッグを手に取って、「いいわ、よろしく言って」

「修二さんにもよろしくね」

と、さとは言った。

久留由美は、息子を連れて実家に来ていた。特に用事があったわけではない。むしろ、母の方が、電話で話したとき、来てほしそうだったのである。

和郎を起こそうとしていると、さとが、

「ね、由美」

と、声をかけた。

「何？」

「久留さんと会ってるんじゃないかと思うのよ、今日」

「お父さんが？　そう言って出かけたの？」

「そうじゃないけど……。ね、何かあったの？」

由美はドキリとした。

「何もないわよ」

と言ったものの、母の目をごまかすのは、容易なことではない。「ただちょっと……お父さんに相談したいことがあって。でも、もう片付いたの」

「そう。――それならいいけど」

さとの表情は晴れなかった。「ただ、あの人が、まるで昔のような顔をしてたね」

「お父さんが？　昔のよう、って……」

「刑事だったころ、難しい事件にぶつかって、悩んでると、帰ってからも口もきかずにお酒を飲んでた……」

と、さとは言った。「しばらく、ほとんど飲んでなかったのに、また飲み始めたのよ。きっと何かあるんだと思ってね。でも、訊いたって話してくれるわけはないし」

「考え過ぎじゃない？　お父さん、七十五だといったって、色々頭の痛いこともあるわよ」

「ええ。でも――たぶん、女のこと以外にあるのよ、何か」

由美はちょっと絶句した。

「――お母さん、知ってるの？」

由美の言葉に、さとは呑気に笑って、

「分るわよ。私だって女ですからね、一応。あの人に女ができたってことぐらい」

「その女のことも……」

「よくは知らないわ。訊いてみようとも思わない。もう七十五だしね。まさか今さら私と別れるなんて言い出さないでしょ」

「当り前よ！　いえ――私も、じかに聞いたわけじゃないんだけど」

と、由美は言って、「何なら、その女のこと、調べてみようか？」

「いいわよ、忙しいのに」

と、さとは言ったが、口調で「調べてほしい」という気持でいることが由美には分った。

「それより、久留さんの方の件は、何か大変なことなの？」

「それは……」

由美は困ってしまった。出まかせを言ってごまかせる母ではない。といって、「女の死体を埋めた」などと話すわけにはいかない。

ちょうどそのとき、和郎が身動きして目を覚ました。

「ママ……。帰るの？」

「ええ。帰りましょう。じゃ、お母さん」

「気を付けてね、運転」

由美は和郎をせかして、帰り仕度をした。

「――じゃ、またいらっしゃいね」

と、さとに言われて、

「うん！　おばあちゃんも遊びにおいで」

と、和郎は靴をはきながら言った。

「そうね。今度はおばあちゃんの方が遊びに行くわ」

さとは、由美の運転する車を見送って、手を振った。

「急なことなの。ごめんね」

と、爽香は言った。

ケータイで明男に連絡したところだった。

蔵本明子と夕食を取ることになったのである。

「いいよ。仕方ないじゃないか」

と、明男は言った。「どこか外で珠実と食べるよ」

「そうしてくれる？　私もできるだけ早く帰るようにするけど」

「ああ、分った」

明男は通話を切ると、「珠実。お母さんは遅くなるって。何か食べに行こう」

「うん！」

珠実は、「もっとお野菜を食べて！」とかお母さんに言われないので、喜んでいる。

「何が食べたい？」

「スパゲティ」

「スパゲティか。——よし、車で少し遠くに行こう」

遠くといっても、十五分ほどだ。

明男は車のキーをつかむと、珠実を促して家を出た。

本格的とまでは言えないが、一応古くからあるイタリアンの店で、値段もそこそこだ。

駐車場も空いていたのはラッキーだった。

店に入って、テーブルに案内されると、珠実はメニューも見ずに、

「スパゲティ！」

と言った。

「ちょっと待てよ。父さんだって食べるんだぞ。——珠実もサラダ、食べろよ」

「はあい」

と、少しがっかりした声を出す。

明男は肉料理を頼んで、水を一口飲んだ。

「おじちゃん！」

と、聞いたことのある声が飛んで来て、びっくりする。

「みさきちゃんか」

大宅みさきがトイレから出て来て、明男を見付けたのである。

「ママは？」

「あそこ」

少し離れたテーブルから、大宅栄子が会釈した。

大宅栄子と、みさきだけではなかった。もう一組、母と娘らしい取り合せの二人が、
同じテーブルを囲んでいる。

「同じクラスの子」

と、みさきが言った。

「そうか。元気そうだね」

「うん」

みさきは、「また遊びに来てね」

と言って、母親の所へ戻って行った。

こんな所で偶然に……。

しかし、大宅栄子たちは、もうデザートを食べていた。食事を終えて、じきに出て行くだろう。

サラダが来て、珠実の好きなドレッシングをかけ、小皿に取り分ける。

大宅栄子が、席を立ってトイレに行った。明男たちのテーブルのそばを通る。

こんな所で話はできない。――仕方ない。向うも諦めているだろう。

栄子がトイレから出て、明男たちのテーブルのそばを通った。

「どうも」

と、ひと言、栄子はそのままテーブルに戻った。

そして、五分ほどすると、帰り仕度を始めた。明男は、珠実に、ちょうど出て来たスパゲティを小皿に取ってやっていた。そうしないと、皿からスパゲティが飛び出してしまう。

「おトイレ」

と、珠実が言った。

「分った」

明男がついて、女子トイレに連れて行く。

「家と同じだから大丈夫だね」

「うん」

「ちゃんと手を洗うんだよ」

「分った」

――明男は席に戻った。

大宅親子の姿はもうなかった。

空になったそのテーブルへ目をやって、明男はふと、何か椅子の背にかけてあること
に気付いた。行ってみると、栄子が座っていた椅子の背に、スカーフがかけてあった。

こげ茶色というのか、首に巻く、フワリとした感触のスカーフだ。

どうしよう？　外へ出たら気が付いて、戻って来るかもしれない。

テーブルを片付けに来たウェイトレスが、

「お忘れ物ですか？」

と訊いた。

「ああ……。いや、知り合いだから、渡しとくよ」

と、明男は言って、スカーフを手に席に戻った。

栄子が戻って来るかと思ったが、珠実がトイレから出て来ても、その気配はなく、明男はスカーフを丸めてポケットへ押し込んだ。

そのとき、明男は自分の椅子の隅に何か折りたたんだ紙が置いてあることに気付いた。

開くと、走り書きだがきれいな字で、

〈こんな所でお目にかかれるなんて！

みさきと二人だったら、ぜひご一緒させていただいたのに。

お手空きのとき、お電話下さい。

栄子〉

明男は、他の客が座ろうとしている、あのテーブルの方へ目をやった。あのスカーフ。

あれはもしかしたら、栄子がわざと置いて行ったのではないか。

「届けに来て下さい」

という言葉の代りだったのかもしれない……。

一方、爽香の方は、

「何でも召し上って」

という蔵本明子の言葉に恐縮しつつも、

「何だ、これ？」

文字で読んでも、どんな料理が来るのか、見当がつかない。仕方なく、爽香は適当に注文した。

爽香の見ているメニューには、値段が入っていない。要するに、爽香は「払わなくていい」ということなのだ。

「ここは家族でよく来るお店なの」

と、明子は言った。「もちろん今日は私に持たせてね。こちらの用で呼び出したんですから」

「恐れ入ります」

爽香だって、ここで支払ったら今月の家計が相当苦しくなる。遠慮しないことにした。

食前にシャンパンで乾杯すると、

「――お話というのは何でしょうか」

と、爽香は訊いた。

聞かない内は、食事しても落ちつかない。

「何だか、申し訳ないわね。あなたのような何の関わりもない方に、こんな話を……」

「もし私でお役に立てるのなら、おっしゃって下さい。私では無理だと思ったら、そう言います」

「そうね。あなたは本当にはっきりしてる。有本さんから、縁さんと結ばれた事情を聞いたわ。なかなかあなたのように公平に、偏見なく人を見られる人は少ない」

「そんなことは……」

「泰子がどんなことをお話ししたかは訊きません。あの子も、もう十六。秘密を持つ年ごろですものね」

と、明子は言った。「でも、あの子は私のことを、何の苦労もない、呑気な母親だと思っているでしょう」

「苦労のない人はいないと思います。秘密を持っていない人も」

「ええ、そうです、本当に。——簡単に言えば、泰子は主人の子ではないの」

「え？」

これは思いがけない話だった。もちろん、明子自身のことに違いないとは思っていたのだが、まさか……。

「確実というわけではないけれど」

と、明子は続けた。「主人とは、色々恩のある方の勧めでお見合したのだけれど、当時私には結婚の約束をした相手がいたの。私は前もってそのことを間に立った人に話したわ。その人は、『じゃ、断ってくれてもいいから、一応見合だけしてくれ』と言ったので、私もそのつもりで主人と会った。向うはお金持。地位もある人だから、食事ぐらいはお付合しなくては悪いと思って、料亭に一緒に行ったわ。そこでお酒を飲まされて……。酔って気分が悪くなって、横になっている内、眠ってしまって……」

「じゃあ……」

「気が付くと朝になっていたわ。私は蔵本と一つ布団に入っていた……」

「予め（あらかじ）そのつもりで？」

「おそらくね。——でも、何かあったにしても、私は断固断るつもりだった。でも、お見合を勧めた人は、私の付合っていた相手のことも、ちゃんと調べていたの。私が事情を話す前に、私が蔵本に身を任せたことを知らせていた」

「ひどい話ですね」

「私は必死で彼に説明して、分ってもらおうとした。でも——それだけじゃなくて、蔵本は彼の勤め先に働きかけて、彼を地方へ飛ばしてしまった。〈M地所〉は彼の勤め先の親会社だったから」

「蔵本さんは前から明子さんを……」

「そのようなの。後になって分ったことだけど、私が彼の勤め先に仕事で出かけて行ったとき、たまたま私を見かけていたのね。私みたいに、特別美人でもない女のどこに惚れたのか知らないけど、蔵本がお見合をお膳立して、全て操っていたの」

確かに、明子は美人というのとは少し違うが、魅力的だったろうと想像できる。

それにしても……。

「私は、彼からも拒まれ、がっかりしてしまったの。蔵本は私を強引に引張り回し、もう他に選ぶ余地がなくなってしまった」

「でも泰子さんは――」

「私は身ごもっていたの。でもその時期は、まだ前の彼と会っていたし、蔵本との子とは限らない。――調べれば分るでしょうけど、一旦思い切って、蔵本と結婚した以上、蔵本の子だと信じることにしたの。だけど――成長するにつれて、泰子は別れた彼の方に似ていると思えて来たの」

「ご主人はそのことを……」

「むろん、知らないわ。泰子のことは可愛がってくれるし、特に不満があるわけじゃない。ただ、泰子に本当のことを話す必要が出て来たの……」

料理が運ばれて来て、一旦明子の話は途切れた。

爽香は、明子が自分に何を望んでいるのか、つかみかねながら、ナイフとフォークを手に取った。

13　踏み出す

「父、蔵本正史の葬儀に際しましては、多大なお心遣いをいただき、誠にありがとうございました」

〈M地所〉社長、蔵本正一郎の声が、広い会議室に響き渡った。

〈M地所〉本社の一番広い会議室と、隣の会議室も仕切りを外して広げてある。

プロジェクトに係るほとんどの企業から出席者が出ていると思われた。広いので、蔵本正一郎はマイクを使って話している。

「また本日はお忙しい中、お集りいただいて、恐縮です」

と、正一郎は続けた。

爽香は、社長の田端と二人で出席していた。

「プロジェクトの完了を待たずに逝ったことは、父としても心残りだったと思いますが、主な道筋はつけて行ってくれました」

正一郎は全員を眺め回した。

出席者の中には、レコーダーを取り出して正一郎の話を録音している者も大勢いた。しかし、爽香はメモも取らなかった。

必要な変更事項があれば、個別に連絡があるだろう。今はただ正一郎の話を集中して聞くだけだ。

「しかしながら――」

と、正一郎は言った。「父は九十歳になっていました。当然、イメージするオフィスや住居のあり方も、今の時代にそぐわないこともあります。後を受け継いで、私としては父の志を活かしつつ、現代の土地開発にふさわしいものになるよう、プロジェクトの細部に手を加えて行くつもりです」

出席者が一様に息を呑んで座り直す。いよいよ来たな、というところだ。

「まず、敷地内のレイアウトですが――」

各出席者の前に一台ずつ置かれたパソコンの画面に図が現れた。

もちろん、各棟の配置など、基本的には変っていない。水道、電気などの設備は今さら変えられないから当然のことだ。

爽香は、想像が当った、と思った。

今からでも容易に変えられるのは、共有スペースや、公園、緑地の部分である。〈G興産〉の仕事はその辺に集中している。

憩いの場となるはずの芝生や、マンションに住む家族のための子供用の遊び場が、半分近く削られていた。

そこに一つ、新しい建物が描かれていた。

「では、担当役員より説明します」

正一郎は席につき、代ってマイクを持ったのは、白髪の男性。常務と名のり、変更部分についての説明を始めた。

田端がため息をつく。——おそらく〈G興産〉の仕事は半分になるだろう。

「新たに加えました白い建物は、スポーツクラブなどの施設を入れる予定です。また、子供向けのゲームセンターを入れることも考えております」

と、常務は説明した。「計画の変更に伴う委託事業の細かい訂正については、該当する各社に直接ご連絡いたします」

ゲームセンターか。——いかにも考えそうなことだ、と爽香は思った。

しかし、子供を健全に遊ばせるというプランの目的からは外れる。

父親がいなくなって重しが取れると、ともかく何かしたくなるのだ。

その他、細かな変更部分の説明もあったが、〈G興産〉の担当でないオフィス棟の中がほとんどだった。

「——では、以上です」

と、最後にもう一度、蔵本正一郎が立ち上って、「これからは実際の工事をどんどん進めて行きます。ご協力、よろしく」

質問があれば、という言葉もない。おそらく、言いたいことがあれば直接担当へ、ということだろう。

何といっても〈M地所〉がすべての主導権を握っているのだ。

正一郎が姿を消すと、集っていた面々も我先にと立って会議室を出て行った。

田端と爽香はほとんど最後に会議室を出た。

「君の心配してた通りだったな」

と、田端が言った。

「〈M地所〉からどう言って来るかを待たないと……」

エレベーターは混雑していて、しばらく待つしかなかった。

「あ、久留さん」

爽香は〈Mパラダイス〉の久留がそばに立っているのに気付いて、「杉原です」

「あ……。どうも」

久留はなぜか目を合せたくない様子で、「ちょっとトイレに……」

と、急いで行ってしまった。

どうしたんだろう？——爽香は、あの通夜のときに久留に詰め寄っていた、浅野みずきの妹という女性——浅野小百合といったか——のことを思い出していた。

行方が分らないと言っていた浅野みずきはどうなったのだろう。

「あ、まだいらしたんですね」

と、有本縁がやって来た。

「あら、縁さん」

「すみません、杉原さん、ちょっとお時間をいただけませんか」

「私？　でも——」

「僕は寄ってく所がある。構わんよ」

と、田端が言った。

「では、戻りましたら、また」

「うん。——そろそろ乗れるかな」

田端はエレベーターの様子を見ていた。

爽香は縁について行った。

「こちらで少し待って下さい」

縁がドアを開けると、立派なソファの置かれた応接室である。

「さすがね。〈G興産〉の応接室とは大分違うわ」

と、爽香は言った。

隅に置かれた観葉植物の鉢を、白っぽい制服を着た男が台車に乗せていた。

「あ、いつもお世話になります」

と、男は帽子を取って縁に一礼した。

「ご苦労様。交換ね」

「はい。すぐに新しいのをお持ちします」

「よろしく」

男は台車を押して応接室を出て行った。

観葉植物も今はレンタルで、決った日に交換して行くのである。

「コーヒーをお持ちしましょうか」

と、縁が言った。

「あの――どなたを待ってるの、私」

「すみません！　もちろん社長です」

と、縁はちょっと笑った。

「まあ、わざわざ社長さんが？」

「何かお話があると。――ともかく、今コーヒーを」

「どうも……」

一人になって、爽香はソファに身を沈めた。本当に「沈んで」しまいそうなソファで、小柄な爽香としては、いささか座りにくい。

しかし、爽香は何だか落ちつかなかった。どうしてだろう、と自分でも首をかしげている。

何か、気になることがあった。ただ、それが何なのか、よく分らない。

爽香は部屋の中を見回した。——長い商談のときなどに使うのだろう。もちろん、テーブルにはパソコンが置かれている。

蔵本正一郎が、何の用だろう？

明子の話や、泰子のことではないだろう。正一郎は、家族の抱えている問題を他人に相談するタイプではない、と爽香は思っていた。

むしろ、内にどんな悩みがあっても、外の人間に対してはパッと切り換えてしまうだろう。

「ああ……」

爽香は伸びをした。

大きな明るい窓から、隣のビルが見えて、窓際にやはり観葉植物が覗いている。

「——あ」

と、爽香は言った。「今の人……」

気になっていたことが分った！

今、観葉植物の鉢を運び出して行った業者の男性。——どこかで見たことがある、という気がしたのだ。

そう。——きっとそうだ。

あれは、蔵本泰子が塀の上から落ちて来た夜、泰子に頼まれて行った〈J〉というマンガ喫茶で待っていた男、本木とかいった男だ！

本木……重治といったか。

泰子から、亡くなった蔵本正史に関して、あの本木が何かつながりがあるような話は聞いたが、その先はまだ知らない。

もちろん、爽香としては、わけの分らない内に首を突っ込む趣味はないが。いや、「ある」と思われているのも事実である。

縁がコーヒーを持って来てくれた。

「今、社長、急な来客で。すみません、十五分ほどかかるそうです」

「結構よ」

爽香のような立場なら、正一郎からすれば一時間二時間待たせても平気だろうが。

再び一人になって、香りのいいコーヒーを飲んでいると、ドアをノックして、あの男が入って来た。台車に、新しい鉢を乗せている。

「失礼します」

と、爽香に会釈して、部屋の隅に台車を押して行くと、鉢を置き、向きを確かめ、空の台車をガラガラと押して出て行こうとする。

「お邪魔しました」

と、ちょっと帽子に手をかけて言うと、ドアを開けようと――。

「ご苦労様、〈ボブ〉さん」

と、爽香が言った。

本木が足を止めて、面食らって爽香を見る。

「泰子さんの伝言を届けに行ったでしょ」

と、爽香が言うと、

「――ああ！」

本木は目を丸くして、「そうか。――でも、よく分りましたね」

怒ったり、怪しんだりしている様子はなく、単純にびっくりしているようだ。

「人の顔は憶える方なの」

「そうですか。いや――私は全然憶えられなくてね。言われなきゃ、全く分りませんでしたよ」

「実は、あの後、泰子さんからあなたのことを少し聞いたの」

放っとけばいいのに、と自分でも思った。

「私のことを？」

「泰子さんと出会ったときのことをね」

と、爽香は言った。「でも、お通夜のときで、時間がなかったんで、その先を聞いていないの」

「そうですか……。まあ、お話するほどのことでも……」

と、本木は帽子を取って、両手でいじりながら、「仕事中ですんで」

「ああ、そうよね。でも――蔵本さんの会社だから来てるの？」

「そういうわけでは……。まあ、この辺を担当させてほしい、と希望は出しましたが」

「蔵本正一郎さんに会うため？」

「そうですねえ……。自分の兄の顔を、じっくり眺めておきたくて」

「兄？　あなたは……」

「蔵本正史の息子です」

と、本木は言った。「ただ、証拠を出せと言われると困るんですが」

「それで、蔵本正史さんの写真のページを破いていたのね」

「泰子さんがそんなことを？　いや、あの子は面白い子です。私の名刺を拾って、連絡して来たんですが、私の勤め先はそれから間もなく倒産してしまって。――やっと見付けたのがこの仕事なんです」

「そう。大変でしたね」

「でも、これももちろん正社員じゃないので、いつクビになるか。――ですから、あまりゆっくりしていられないので」

「分りました」

と、爽香は肯いて、「改めて、ゆっくりお話しましょう」

「ですが、あなたはどうして――」

「さ、早く行って。仕事を失くしたら大変でしょ」

と、爽香は促した。

「分りました。では、いずれまた」

「待って」

爽香は名刺を取り出すと、「ここへ連絡して。泰子さんとも、また話さないと」

「では……」

本木は名刺を受け取ると、ズボンのポケットへ入れて、「――失礼します」

と、律儀に一礼して、台車を押して出て行った。

「やれやれ……」

と、爽香は呟いた。

本木が本当に蔵本正史の息子かどうかはともかく、本人がそう信じていることは確かなようだ。しかし、本木には何かを企んでいるような、油断のない雰囲気はなかった。

泰子が「仲がいい」と言っていたのは、本木のことを多少なりと分っているからだろう。

「あ……」

ケータイが鳴った。——久留からだ。

「もしもし」

「先ほどは失礼しました。久留です」

「どうも」

「あの……ちょっと妙なことをお訊きするようですが」

「何でしょう?」

「蔵本会長のお通夜のとき、外で私に声をかけて来た女性ですが……」

「ああ、浅野小百合さんとおっしゃいましたね」

「ええ、そうです。あの——杉原さんは、あの女性とお知り合いですか?」

爽香は面食らって、

「いいえ! あのとき、たまたま私があそこに立っていただけです。どうしてですか?」

「いや、もしかしたら、と思いまして。彼女から杉原さんへ連絡などはなかったでしょうか？」

「ありません。連絡先も教えていませんし」

「そうでしたか。いや、失礼しました」

「久留さん、浅野みずきさんの居場所は分ったんですか？」

「いや、それが……」

と言いかけて、「あ、仕事中なので、これで」

と、久留は切ってしまった。

「——何だか変ね」

爽香は首をかしげたが、自分から面倒なことに首を突っ込むことはよそう、と思い直した。

しかし、心の中ではもう一人の爽香が、

「もう手遅れよ。分ってんでしょ」

と、当人に語りかけていた。

ドアが開いて、

「やあ、待たせましたね」

と言いながら、蔵本正一郎が入って来た。

14　片思い

「ごめんね、瞳ちゃん」

突然そう言われて、杉原瞳はびっくりして足を止めた。

「みちるさん……」

「いえ、無理言っちゃってさ。こんなに文化祭近くなってから。でも助かったわ。瞳ちゃんが加わって、ハーモニーが凄く良くなった。先生も喜んでたわよ」

合唱部の練習を終えての帰り道である。

練習は熱が入り、帰りには、もう辺りが薄暗くなっていた。

「本当ですか？　私、下手だから……」

と、瞳は頰を染めた。

「何言ってるの。一年生とはとっても思えないって、先生が感心してたわ」

そう言われるのは、瞳としても、もちろん嬉しい。特に、邦山みちるから言われているのだから。それに――。

「ね、瞳ちゃん、帰り、急ぐ？」

「いえ、別に……」

「何か甘いもの食べてこ。おごるわ」

「そんな……。いけないんでしょ、帰りに寄るの」

帰りの飲食は学校が禁じている。しかし、実際には三年生になると大目に見られていることを、瞳も知っていた。

「大丈夫！　三年生と一緒で、しかも文化祭が近いんだもの。ファミレスに寄って食べてる子だって大勢いるわ。夕飯はお宅で食べるんでしょ？　甘いもの、どう？」

「ええ……。それじゃ……」

甘味喫茶は女の子で一杯だ。

何とか空いた席について、

「ここのお汁粉、おもちがおいしいの。それでいい？」

「はい」

「〈御膳〉？　〈田舎〉？」

「じゃ〈田舎〉の方で」

「私もそっちだな。〈田舎汁粉〉二つ」

注文する口調が慣れている。

瞳は幸せだった。憧れているみちると一緒というだけではない。みちるが、「瞳さん」でなく、「瞳ちゃん」と呼んでくれているのが、嬉しかったのである。

「——おいしい」

と、瞳は熱いお汁粉を食べながら言った。

「ね？　甘さがくどくなくて、いいわよね」

と、みちるが言って、「瞳ちゃんは、彼氏いるの？」

瞳は危うくもちを喉に詰らせそうになった。

「——いません、そんなの」

と、やっと答える。

「そんなの、って……」

みちるは笑って、「もう十六なんだし、付合ってる子ぐらいいても当り前でしょ」

「でも……」

私、男の子って興味ないんです、と言おうとして、瞳はやめた。みちるが気味悪がったらどうしようと思ったのである。

今の、この暖かい時間を、失いたくなかった。ところが、

「やあ、偶然だね」

その声……。まさか！

瞳は恐る恐る振り返った。

そこに座っていたのは、水沼登だった。瞳にメールを送って、デートに誘って来る男の子である。

「どうも……」

と、瞳はちょっと会釈した。

「僕も甘いもの大好きで。いや良かったよ、会えて」

偶然ではないだろう。学校も違うのに、水沼登がこんな店にやって来る理由がない。

おそらく、瞳が学校を出るのを待っていて、尾(つ)けて来たのだ。

「瞳ちゃんのお友達？」

みちるは、興味津々(しんしん)という様子で、水沼を眺めていた。「ああ！　合唱の大会のときにいたわね、あなた」

「水沼です。三年生ですか？」

「ええ、瞳ちゃんの先輩。あなた、一年生？」

「そうです。この杉原君に、ずっと付合ってくれって言ってるんですけど、相手にしてもらえなくて」

瞳は苛々して、

「やめてよ！　こんな所まで……」

「いいじゃないか。男が入っちゃいけないって決りはないだろ」

水沼は勝手に椅子を一つ持って来て、瞳たちのテーブルに加わってしまった。

「水沼君、お願いだから——」

と、瞳が言いかけると、

「いいじゃない。瞳ちゃんのことだから、誰もいないわけないと思ったわ」

と、みちるが笑って言った。

「違うんです。私、別に……」

「今、文化祭控えて忙しいんですよね」

と、水沼は言った。

「ええ、今まで練習だったの。水沼君っていうの？　瞳ちゃんは貴重なメゾだから、文化祭終るまでは我慢して」

「分ってます。あの……」

「私、邦山みちる。三年生だから、文化祭終ったら、事実上引退ね」

水沼もお汁粉を取って、一緒に食べた。瞳は腹を立てていたが、みちるが面白がって水沼とあれこれ話しているので、文句も言えず、仕方なく黙ってお汁粉を食べた。

水沼は早々と食べてしまうと、

「じゃあ、今日はこれで」

と立ち上った。

「あら、ゆっくりして行けばいいのに」

と、みちるは言って、「もしかして、私の方がお邪魔かしら？」

「とんでもない！」

と、瞳はあわてて言った。「水沼君、また……」

「うん。それじゃ、たまにはメールの返事くらいくれよ」

水沼が店を出て行くと、瞳はホッとした。

「――すてきな子じゃないの」

と、みちるが言った。

「本当に何でもないんです」

と、眉をひそめた。

「そんなにいやな顔しなくたって」

と、みちるが笑った。

そうだ。――用事があるから電話する。

それだけのことだ。

杉原明男はスクールバスを動かすまで待機している小部屋の中で、自分にそう言い聞かせていた。

ケータイを手に持ったまま、もう十分近くたっている。

どうってことはない。そうだとも。

廊下をバタバタと駆けて行く、生徒の足音がして、明男はそれが合図だったかのように、大宅栄子のケータイへと発信していた。

呼出し音がしばらく鳴り続けた。——出ないのか？　どこかへ出かけているのか、それとも何か忙しい最中なのか……。

諦めて切った。——そうだ。これは「連絡するな」ってことなのだ。

だが、切って数秒としない内、ケータイは鳴った。大宅栄子からだ。

「——もしもし」

「あ、すみません！　お電話いただいたのに」

と、栄子が言った。「掃除機をかけていたので……」

「いや、どうも。あの——」

「先日は、どうも失礼しました」

と、栄子は息を弾ませて言った。「でも、お会いできて嬉しかったです。お嬢ちゃんとも」

「家内が遅くなると言って来たので、二人で……。あの、大宅さん」

「はい」

「あのレストランに、スカーフ、忘れて行かれませんでしたか?」

「あ……。ええ、そうなんです。でも、あのお店だったかどうか、記憶がなくて」

「僕が預かっています」

「まあ! すみません、そんなお手間を」

「いえ、気が付いたので。レストランに預けても良かったんですが」

「いいえ、杉原さんが持っていて下さったら、安心ですわ。結構気に入っていたので」

「いいスカーフですね。落ちついた色で」

「ええ。栗色なんです、あれ」

「栗色ですか、あれが。——確かに、栗の外側はあんな色ですね。いわゆるマロンって感じじゃないけど」

何の話をしてるんだ? 明男は椅子に座り直すと、

「お届けしようかと思って。構いませんか?」

「ええ! ——ええ、もちろん、そうして下されば本当に……」

その言い方で、明男には分った。

栄子はわざとあのスカーフを置いて行ったのだ。明男が届けに来てくれるのを期待して……。

「いつがいいですか?」

と、明男は訊いた。「仕事の帰りに寄ってもいいですし」

「はあ。でも……せっかくおいでいただくのなら、少しゆっくりできる日だと……」

「まあ、それはそれでも……。あ、そろそろバスを動かす時間なので」

栄子が急いで、

「明日の夜、おいでになって」

と言った。「みさきはお友達の所に泊りに行きます。クラブの練習とかで」

「そうですか」

「お待ちしてます」

早口に言って、栄子が通話を切った。

明男はしばらくケータイを手に持ったまま座っていた。

「——仕事だ」

明男はそう呟いて立ち上った。


「ごちそうさまでした」

瞳はていねいに頭を下げて、駅のホームへと上って行った。

邦山みちるはそれを見送ってから、反対方向の電車の来るホームへと階段を上った。

ホームへ上ると、ちょうど向いのホームに電車が入るところで、乗り込んだ瞳が窓越しに見える。

もちろん、瞳の方もみちるに気付いていて、会釈した。みちるは手を振って、電車が出て行くのを見送った。

風が少し冷たい。——晩秋の気配だった。

こっちは何分だっけ。

みちるは時刻表へ目をやった。すると、やはり時刻表を眺めている水沼に気が付いたのである。

「——あと十分ね」

と、みちるが言うと、

「あ、さっきは……。前の電車、タッチの差で間に合わなくて」

と、水沼は言った。

「あなた——瞳ちゃんを待ってたの？　学校の外とかで」

水沼はちょっと照れたように、

「まあそうです。でも、さっぱり……」

「ご苦労様。若いのね」

と、みちるは言った。

「若い、って……。そんなに違わないじゃありませんか」

「違うわよ。十六と十八じゃ大違い。大学受験を控えてればなおさらね」

みちるは、水沼がスマートでお洒落で、いかにも女の子にもてそうだと思った。

そう。この子は、自分が女の子に注目され、騒がれる存在だと自覚している。

きっとそうだ。——この二枚目にとって、一向に振り向いてくれない瞳は理解できない女の子なのだ。

おそらく、下校時を待ち構えてまで、瞳と付合おうとするのは、瞳をそれだけ好きだからというより、自分のプライドが、そうさせているのだ。

水沼にとって、「自分を何とも思わない女の子がいる」ということは、許せないのだ。

みちるは、そんなタイプの男の子が嫌いじゃなかった。

「ねえ」

と、みちるは言った。「ちょっとどこかで話さない?」

電車はまだやって来なかった。

15　取引き

浅野小百合は、そのドアの前で、少しためらった。

久留に呼び出されるままに、ノコノコやって来たのは、少しうかつだったろうか？

しかし、もう来てしまったのだ。——ちょっと背筋を伸し、息をついて、ドアをノックしたが……。

開いてる？　ドアは細く開いていた。

小百合はそっとドアを開けると、

「久留さん」

と呼んだ。「——浅野小百合ですけど」

返事がない。

明りが点いていて、小百合は中へ入った。

狭い部屋だ。小さなテーブルには水のグラスが二つ。

「何よ……」

見回すまでもなく、誰もいないことが分る。

人を呼び出しといて。――小百合はホッとして、水の入ったグラスを手に取った。このまま飲むのも……。空のグラスがあったので、それに冷蔵庫のミネラルウォーターを入れて飲んだ。

確かに、指定の時間より十分ほど早いが、人を呼びつける以上、先に来て待っているべきだろう。

小百合は小さなソファにかけて、部屋の中を見回した。

ベッドを見て、ちょっと首をかしげる。毛布がしわになって、使った後らしいと分った。

誰かが寝ていた？　でも、ちゃんと眠ったにしては、乱れ方が小さい。ちょっと横になった、というくらいだろう。そして――どこへ行ったんだろう？

そのとき、バスルームらしいドアが少し開いているのに気付いた。――あそこ？　でも、返事がないのはおかしい。

少しこわごわではあったが、

「久留さん……。いるの？」

と言いながら、小百合はそっとバスルームのドアを開けた。

狭いユニットバスで、洗面台とトイレのすぐ奥にバスタブがある。

二、三歩踏み込んで、小百合は立ちすくんだ。――バスタブの中から女が小百合を見上げていた。

いや、何も見ていたわけではない。女は死んでいたからだ。バスタブ一杯の水の中、底に横たわって、目を見開いていた。

服を着たままのその女の姿に、小百合はよろけながら後ずさってバスルームを出た。

そして、短く叫び声を上げた。

久留が立っていたのだ。そして、もう一人、年輩の男。もう七十は過ぎていよう。

「憶えてるかい」

と、久留が言った。「あの通夜のときに会ってる」

あの女……。そうだったか。

「何なのよ……」

小百合は震えていた。「どういうこと？」

「貫井聡子君だ」

と、久留は言った。「薬をのんで死んだ」

「死んだって……。私をどうしてここへ？」

すると、年長の男がゆっくりと口を開いた。

「君は共犯者だ」

「――何ですって？」

「貫井聡子は毒をのまされて死んだ。君も我々の共犯者だ」

「知らないわ、そんなこと！」

と、小百合は叫ぶように言った。「警察へ届けるわ」

「いいのか？」

と、久留は言った。「浅野みずきに妹はいない」

小百合は言葉を失った。

「座れ」

と、男がベッドを指した。「私は小田という者だ。この久留君の義理の父親だ」

小百合はそっとベッドに腰をおろすと、

「どうしてこんなこと……」

と、かすれた声で言った。

「これには色々事情がある」

と、小田は言った。「君の方にもあるだろう」

「私は……本当に妹よ。父親は違うけど」

と、小百合は言った。「つい最近まで、姉のいることを知らなかった。——母が病気で亡くなって、遺した手紙に書いてあったの」

「同じ姓なのは？」

「母は、未婚で私を産んだのよ。地方の小さな都市のバーでホステスをしてた。客の一人と深い仲になって、私が産まれたの……」

と、小百合は言った。

「本当か？」

と、小田は少し皮肉っぽく言ったが、「まあ、それはどうでもいい。ともかく君は会ったことのない姉にたかってやろうと思って家出して来た」

「たかって、なんて言い方ひどいじゃないの」

と、小百合はむきになって言い返した。

「だが事実だろう。君は故郷の町にいられなくなって、東京へやって来たんだ」

「え……」

小百合が表情を硬くした。「何のこと？」

「隠してもむだだ。君は町の不動産屋の事務をしていたが、客から預かった小切手を着服して、クビになった」

小百合が青ざめて、

「どうして、そんなことまで知ってるの？」

「小田さん――お義父さんは、元警察の偉い人なんだ」

と、久留が言った。「隠しごとをしてもむだだよ」

小百合は目を伏せて、

「母のお葬式で、借金ができたの。それを返さないと、倍にもなるって脅されて……。

後で返すつもりで、ついお客の小切手を……」

「よく警察へ突き出されなかったな」

と、小田が言った。「雇い主が大目に見てくれたのか」

「大目にね」

と、小百合は肩をすくめて、「もともと、社長は私に目をつけていたから、見逃して
やる代りに、って言われて、抱かれてやった」

「なるほど」

「しゃくにさわったから、町を出て来るとき、社長の奥さんにメールで知らせといた。

あそこ、奥さんが町長の娘で、頭が上んないから」

小百合は少し落ちついた様子で、「でも、私、人殺しじゃないよ！」

「もう遅い」

と、小田は言った。「そのコップにも、ドアノブにも君の指紋が付いている。私は警
察に顔が効くしな。私の証言は信用される」

「でも……」

「心配するな。君に罪を被せようってわけじゃない。ただ、貫井聡子殺害に関与したこ

とを承知しといてもらえばいい」

「関与って……」

「これから、ホテルのフロント前を、わざと顔を隠して駆け抜ける。カメラがちゃんと君を捉えている。犯人は女だ、と誰もが思うだろう」

「私、捕まるの？」

「いや、貫井聡子と君は何の縁もない。殺す理由がないだろう」

「そりゃそうだけど……」

「君はただ〈謎の女〉でいてくれればいいんだ。警察は君を探す。だが、君に辿りつくことはない」

「でも……」

と、小百合は不安げだ。

「不服かもしれんが、君には選ぶ余地はないんだ」

小百合は口をへの字に結んで、小田と久留を見ていたが、

「――ちょっと待ってよ」

と、口を開いた。「姉のことはどうなったの？　浅野みずきはどこへ行ったのよ？」

「お前の知ったことじゃない」

と、久留は言った。「おとなしく言うことを聞いていればいいんだ」

「私、あんたのこと、聞いてんだから。——姉は、私に会って喜んでくれたわ。もちろん、私が困って頼って来たのも知ってたけど、初めて会って嬉しいって言ってた」

と、小百合は言った。「母とはほとんど連絡してなかったけど、それでも住所は知らせていたから、母は亡くなる前に姉に手紙を出してたの。それで妹がいるって知ったのよ」

「僕のことを……」

「ええ、全部聞いたわ。急に冷たくなった、って。もちろん、妻子持ちの男なんてあてにならないって分っていたけど、それでも姉はあなたを信じようとしてたのよ」

「余計なことに首を突っ込むな」

と、久留は苛立って言った。

「まさか……。そうなの？　姉まで殺したの？」

小百合が立ち上って、部屋の隅へさがったのは、ここで自分も殺されるかもしれないと思ったからだろう。

「まあいい」

と、小田の方は落ちついていて、「本当のことを知った方がいい。浅野みずきは死んだ。ただし、自殺したんだ」

「——何ですって？」

「自分で胸を刺して死んだ」

と、小田は淡々と言った。「この久留君への当てつけに、目の前でね」

「本当に？」

久留は渋々肯いた。

「全く、困った奴だ」

「何よ、自分のせいでしょう」

と、小百合は言った。

少し落ちついて来ると、小百合は勝気な性格を見せて来た。

「まあ、それはいい」

と、小田が言った。「この久留君は困って私に相談して来た」

「で、姉は今どこに？」

「それは言えない」

「どうしてですか？」

「我々の手で葬った」

小百合は唖然として、

「葬ったって……」

「聞くな。ともかく、もう生きていない、ということだ」

小百合は力なく、またベッドにかけると、

「私……どうしたらいいの？　お姉さん、頼りにしてたのに」

と、呟くように言った。

「まあ、仕方ないな」

と、小田は言った。「私と久留君で、とりあえず君の面倒はみる」

「あんたたちが？」

「ああ。ただし、君がすべてについて口をつぐんでいると約束してくれればだ」

「約束しなかったら、私も殺すの？」

「それはやりたくない。何しろ人一人、片付けるのは大変なんだ」

小田の淡々とした言い方が、却って怖かった。

「分ったわよ」

と言うしかない。「――その代り、私に何か仕事見付けて」

「図々しい奴だな」

と、久留が苦々しく言った。

「当り前でしょ、それくらい」

と、小百合が言い返す。

「まあ、何とかしよう」

と、小田が穏やかに肯いた。

小百合は信じていいものか、半信半疑の目で小田を見ていたが、

「――分ったわ」

と、ちょっと肩をすくめて、「言われた通りにするしかないわね」

「そういうことだ」

と、小田は言った。「では、顔を隠して、下のフロントの前を駆け抜けて出て行ってくれ。私たちは遅れて一緒に出る」

「それからどうすれば？」

「今はみずきのアパートにいるんだろう？　そこへ帰ってろ」

と、久留が言った。「こっちから連絡するよ」

小百合は気の進まない様子で立ち上ると、

「私……困るの」

と口ごもった。

「何が？」

「ここから指紋が出ると」

小田がちょっと眉をひそめて、

「指紋も採られてるのか」

小百合が小さく肯く。

「何をやったんだ」

「十代のころ、ちょっとグレてて……。高校生同士の喧嘩で、相手にけがさせたの。入らなくてすんだけど、そのとき……」

「不良だったんだな」

と、久留が言うと、

「人殺しまでしないわよ」

と、小百合は言い返した。

「それじゃ、我々が拭き取ってやると言っても信じまい。自分で拭け。コップも持って行って捨てろ」

小田に言われて、小百合はバスルームのタオルを取って来ると、自分の触った辺りをせっせと拭き始めた。

久留のケータイが鳴った。

「——ああ、どうした？」

と出ると、「杉原さんが？　分った。連絡するよ」

それを聞いていた小田が、

「杉原っていうのは、いつか君が言ってた女か」

と訊いた。

「え？　あ、そうです。〈G興産〉の社員で」

「亭主が前科者だと言ってたな」

「女を殺したそうです。もちろん今は真面目に働いてますよ」

「そうか」

「何か？」

「いや……」

小田はちょっと間を置いて、「一度やると殺人はくせになるんだ」

と言った……。

16　予　告

「誰にも言わずに一人で来てね」

　そう言われていた。

　爽香は、ホテルのレストランに入って行った。

「杉原ですが、田端さんの──」

と言いかけると、すぐに個室へ案内された。

「いらっしゃい」

　微笑みながら迎えたのは、田端真保だった。

「お待たせしてすみません」

と、爽香は言った。

「いいえ、約束の時間に、まだ二、三分あるわ」

　田端真保は爽香を座らせて、「ランチの用意を」

と、支配人に言った。

「お変りなくて」

と、爽香が言った。

「あなたもね」

「おかげさまで」

「息子のせいで、大変でしょ」

「いえ……。私なんかには大仕事過ぎて」

と、爽香は言った。

用もないのに呼出す真保ではない。——爽香にはよく分っていた。

食事を始めると、

「あの子も、すぐに人を信用してしまうところがあってね」

と、真保は言った。「甘やかして育てたせいかしら」

「何かありましたか」

爽香も、日々の仕事が忙しくて、そう社長に会っているわけではない。

「この女を知ってる?」

真保はバッグからチラシのようなものを取り出して、テーブルに置いた。

爽香はそれを手に取った。——ちょっとエキゾチックな風貌（ふうぼう）の女の写真。そして、

〈あなたの未来を言い当てる!〉とあった。

「〈カルメン・レミ〉ですか……」

「もちろん、本名じゃないでしょう」

「占い師ですか？」

「予言者とか名のってるわね」

「この女が社長と……」

「最近、しばしばその女の所へ通っているようなの」

思いもよらない話だった。田端が、そんな占いまがいのことにのめり込むタイプとも思えない。

「それは……ただ、男と女として、ということでしょうか」

「そこまでは分らないわ」

と、真保は首を振って、「あなたが何か気付いているかと思って」

「申し訳ありません、全く知りませんでした」

「いいのよ、あなたは息子の秘書じゃないんだから」

「ですが、もし社長の仕事上の決定に、この女が係ってるとしたら問題です」

「そうなのよ。もちろん、ただの愛人かもしれない。それだって、家庭的には問題ですけどね。でも会社に関しては、全社員の生活がかかっているわけですからね」

確かに、田端は面倒なことになると爽香に任せてしまったりすることがある。それには性格もあるから、心配するほどではないかもしれない。

しかし、この〈カルメン・レミ〉という女が一体何者なのか……。

「あなた、仕事が忙しい上に申し訳ないんだけど」

と、真保が言った。

「いえ、この件は私が調べます」

と、爽香はそれ以上言わせずに、「むろん調べた結果はご報告します」

「ありがとう」

真保は安心した様子で、「あなたに任せておけば大丈夫ね」

「一刻も早く手を打たないと。祐子さんは何か言っておられないんですか」

「それがねえ……」

真保はちょっと言いにくそうに、「いつの間にか、夫婦で寝室も別にしていて、このところ、ほとんど夫婦の対話もないらしいの」

「そうですか……」

「まあ、正面から喧嘩したりはしていないけど、お互い関心がないみたいでね」

「夫婦生活の中で、そんな時期もあるでしょうが……」

「祐子さんも、今は子供のことに夢中ですからね。間違っても別れることはないでしょうけど」

真保はそこまで真顔で言ってから、ひと息ついて、ニッコリ笑うと、「珠実ちゃんはどう？　大きくなったでしょうね」

と言った。

この笑顔がすてきなのだ、と爽香は思った。決して作った笑顔ではない。人柄が現れた笑顔である。

これがあるから、真保に頼まれると、少々の無理でも聞いてしまう……。

「すっかり生意気になりまして……」

と、爽香も話を合わせて、おいしいランチをいただくことに専念した……。


「ごちそうさまでした」

爽香は、礼を言って真保と別れると、会社へと戻りながら、ケータイを取り出していた。

こういう場合は、〈消息屋（しょうそくや）〉松下（まつした）の出番である。

「やあ、元気か」

と、松下が言った。

「調べてほしい人がいるんです」

爽香が説明すると、

「〈カルメン・レミ〉か」

「知ってます？」

「ああ、最近よく話に出る」

「どういう人ですか？」

「そいつは調べないとな。仕事の依頼と思っていいのか？」

「もちろん。ただ、できるだけ急いで下さい」

元々裏社会にいた松下は、どうしてか爽香と気が合って、これまでもしばしば助けられている。

「分った。特急料金だな」

「ちゃんと払います。会社持ちにしたいですけど」
二、三日の内に連絡を取ることにして、爽香は会社へ戻った。
「あ、チーフ。何かあったんですか？」

久保坂あやめが言った。

「まあね。男は手がかかるってこと」

「何ですか、それ？」

「今度ゆっくり話してあげる」

席について、爽香はパソコンを立ち上げた……。

しばらくパソコンに向っていた爽香は、一息ついて、目を休めることにした。

「大丈夫ですか、チーフ？」

と、あやめが心配そうに訊いた。

「ああ。いつもの疲れよ。心配しないで」

と、爽香は言った。

「そうじゃないでしょう」

「え？」

「何かまた色々抱え込んでる顔ですよ、チーフ」

あやめの目はごまかせない。九十歳を過ぎた堀口豊と結婚してから、あやめは確実に大人になった。

「いいわね、あやめちゃんは。夫婦円満って人の視野を広くするみたい」

「何ですか、急に？」

爽香は、時計を見ると、

「ちょっと付合ってくれる？」

「はい、どこへでも」

心おきなく話ができるのは、やはり〈ラ・ボエーム〉だった。

「やあ、どうも」

マスターの増田がいつもの笑顔で迎えた。

「お邪魔するわね。コーヒーは今日の豆で」

爽香とあやめは席に落ちついた。

爽香は先に真保から聞いた〈カルメン・レミ〉という女のことを話した。

「社長って、割とおだてにのりやすい人ですものね」

と、あやめは言った。「ま、偉い人ってたいていそうですけど」

爽香はつい笑って、

「本当にね。人間、少しはうぬぼれなきゃ、やってけないところがあるわ。私だって」

「チーフが？」

「そうじゃないって思われるみたいだけど、私なんて、だめな人間よ」

「どうしたんですか？」

「あなたも知っておいて。私一人で抱えてるのは辛いの」

「何か秘密が？　チーフが、道ならぬ恋に落ちてるとか？」

「いくら何でも、そんな話ならあなたにしないわよ」

「そうですよね」

「蔵本家の秘密よ」

「あの奥さんですか？」

「それだけじゃない。娘の泰子さん、それにご主人も」

「ご主人って——蔵本正一郎？」

「ええ。親子三人から『あなたにだけ打ち明けるんだ』って言われたら、どうする？」

「家庭コンサルタントですね」

あやめのユーモアのある言い方は、爽香の気持を軽くしてくれる。

「でも、チーフ、それってうちの仕事にとってはいいことじゃないですか」

「しくじらなけりゃね」

——爽香は、蔵本明子が泰子のことを、「夫の子ではない」と思っているらしいと話した。

「それってとんでもないことですね！　本当なんでしょうか？」

「嘘をつく理由が思い当らないの。それに今はＤＮＡ鑑定とか、調べる方法があるわけだし。でも、明子さんはそういう形で話をつけたいとは思っていない」

「泰子さんはどうなんですか？」

「まさか父親が違うとは思っていないでしょう。でも、本木って男と会ってる。——恋人じゃないわよ。蔵本正史の息子だと言ってるの」

爽香の説明に、あやめは面食らっている。

「それで、チーフにどうしてくれと言ってるんですか？」

「明子さんは、夫と別居したがってる」

「他に男でも？」

「そうじゃないかと思うんだけど、当人はそう言ってないわ。ただ、夫と暮すのが耐えられない、とだけ」

「それで……」

「泰子さんとの関係を取り戻したい、と言って、私に力になってくれと言ってるの」

「はあ……」

「妙でしょう？　私だって泰子さんと親しいわけじゃないのに。もちろん他人だからこそ、客観的に話せるかもしれないけど」

爽香はコーヒーをゆっくり飲んで、「ああ……。いいわね、おいしいコーヒーって。悩むときはコーヒーの助けが必要だわ」

「それで、チーフ、蔵本正一郎は何の話だったんですか？」

「それがね……」

と言いかけたとき、爽香のケータイが鳴った。「あ、松下さんだわ。——もしもし、先ほどは」

「ちょっと当ってみたがな」

「早々にどうも」

「こいつはかなり危いぞ」

「危い？」

「〈カルメン・レミ〉にはバックが付いてる」

「でしょうね。もしかして、組関係ですか？」

「それもかなり大物だ。おそらく、政治家もつながってる」

「厄介ですね、それじゃ」

「お前はあまり首を突っ込むな。俺がやれるところまでやる」

「松下さん、用心して下さい」

と、爽香は言った。「あなた自身が危険な目にあうんじゃ、私、責任感じますから」

「分ってる。充分用心する」

「そうして下さい。〈カルメン・レミ〉のこと、警察と協力した方が安全なら、それでも……」

「分った。また連絡する」

松下は通話を切った。

「チーフ、また物騒なこと、やめて下さいよ」

と、あやめが眉をひそめる。

「私だって、本当に危いときは逃げるわよ、命が惜しいもの。珠実ちゃんもいる。まだ当分死ねないわ」

「当り前ですよ」

二人のケータイが同時に鳴った。——それぞれに急な来客ということだった。

「五分で戻るわ」

と、爽香は言った。「——続きは今夜にでもね」

「分りました」

あやめはコーヒーを飲み干して、「私、払って行きます。チーフ、先に戻って下さい。私の方は少し待たせても大丈夫です」

「それじゃ、頼むわ」

爽香は急いで〈ラ・ボエーム〉を出て行った。

あやめは支払いを済ませてから、爽香の後を追った。

——〈ラ・ボエーム〉の店の奥から、中川が出て来た。

「聞いてましたか」

と、増田が訊く。

「ああ」

中川は肯いて、「また危いことに首を突っ込んでるな。——こりない奴だ」

と呟いた……。

17　スカーフ

大宅栄子は、めまぐるしいほどの勢いで、台所とダイニングの間を行き来していた。

「さあ、どうぞ」

「もう充分ですよ」

と、明男は笑って言った。「今日一日で太りそうだな」

栄子も笑って、

「本当。ごめんなさい、作り過ぎました」

「いや、ありがたいんですがね」

と、明男は食事を始めながら言った。「――おいしい。どれも味がいいですね」

「まあ、お上手な」

「本当ですよ。甘過ぎず、辛過ぎず、手間がかかっている……」

明男の言葉に、栄子は、

「私は奥様のように忙しく働いているわけではありませんもの」

と言った。「大変ですね、奥様は」

「まあ、忙しいのが性に合ってるんですよ、あいつは」

明男はしばらく食べる方に専念したが、やがて、「――あ、そうだ」

と、思い出して、

「何しに来たのか、分らないところだった。これを……」

と、手さげの袋からスカーフを取り出した。

「申し訳ありません」

「いえ、とんでもない」

明男はスカーフを食卓の隅の方に置いた。

「すぐに忘れたことに気が付いたんですけど、娘を連れていたし、後でお店に電話しようと思っていました」

明男には分っていた。栄子は明男に見付けてもらいたかったのだ。

そして、こうして届けに来てほしかった……。

「――その後はお変りないですか」

と、明男は食事が一旦落ちつくと言った。

「ええ、何とか」

と、栄子は言った。「この間、ちょっとみさきが風邪をひきましたが、熱があるだけでしたから……」

「もう大丈夫なんですか？」

「ええ。今日は元気にお友だちの所に行きましたわ。お互い、ちょくちょく泊りに行ったり来たりして……」

「そうですか」

「あちらも一人っ子なので、嬉しいみたいです。みさきはあちらに歯ブラシも置いていますわ」

少し話が途切れた。——明男はテーブルの上のスカーフを見て、

「これって何色って言うんですか？」

「栗色って……買ったときは、書いてありましたけど」

「へえ。ほとんどこげ茶ですね。栗色ってもう少し薄い色かと……」

「マロンのイメージでしょ？　モンブランのケーキとか……」

「ああ、そうです。マロンって言うと、こういう色じゃなくて……。でも、そうか、栗の外側の色はこんなものですかね」

「たぶん、そちらの色なんでしょう」

と、栄子は言った。「コーヒーでも、いかが？」

「いただきます」

「いい豆が入りましたの。ちょっとお待ち下さいね」

ミルで豆を挽くと、香ばしいコーヒーの香りが広がる。

栄子は、ていねいに一杯ずつ淹れると、

「さあ、どうぞ」

と、カップを明男の前に置いた。

「どうも。――いい香りだ」

と、明男は呟いて口をつける。「――おいしい！」

「良かったわ」

と言ってから、栄子はそのまま続けて、「私――結婚するかもしれません」

明男はカップを持つ手を止めた。

「そうですか……」

「突然、こんなこと言って、すみません」

と、栄子は言った。

「いえ、そんな……。おめでとうございます」

と、明男は言った。

「親戚で、とてもお節介な人がいて……」

と、栄子は目を伏せて、「大分前から、ずっと言われていたのですけれど……」

「はあ……」

「私はみさきと二人でいても、ちっとも困らないのですが、まあいずれ――みさきも結婚して家を出て行くでしょう」

「それはまだ――」

「ええ、大分先です。ただ、そこまで待っていたら、もう私と結婚しようという人は現れないでしょうし」

「そうですか……。相手はどんな方です？」

「奥様を五、六年前に亡くされた五十くらいの方で。どこかの会社の役員とか」

「なるほど」

「まだ決めたわけではありません。大体、実際に会ったのも、一度だけで」

「会ったんですか」

「私だけです。――みさきがどう思うか分りませんが」

明男としては、何とも言いようがない。

しばらく黙ってコーヒーを飲んでいると、

「――いつまで待っていても、仕方ありませんし」

と、栄子は言った。

待っても？　明男が目を上げると、潤んだ栄子の目に出会った。

「分っています。あなたが奥様たちとの家庭を捨てはしないと」

「それは……」

「そんなこと、初めから思っていませんでした。でも……」

手を伸して、栄子は明男の手に重ねた。「このまま、何もなくて、他の人と結婚するのは耐えられない……」

「栄子さん――」

「私、心に決めましたの」

栄子は少し早口に言った。「一度だけ、私と――夫婦になって下さい。今夜、泊って下さいとは申しません。これからの何時間かだけ。お願いです」

明男は、栄子の必死な口調に圧倒されていた。その真剣な気持を疑いはしない。

しかし、一度だけと言われて、本当にそれですむものかどうか。いや、一度だけでも、爽香を裏切ることに違いはない。

「決して、後であなたを困らせるようなことはしません」

と、栄子は続けて、「私を信じていただけませんか?」

「いや、そんなことは……。信じていますよ」

「それでしたら……。お願いです。それで、私きれいに諦め切れるんです。お話の方と結婚してもいいと思っています」

切羽詰った栄子の表情は、初めて見るものだった。——今、拒んだら、この人は何をするか分らない、と思った。

それが爽香への言いわけにならないことは分っている。しかし、この人は、自分を必要としている……。

明男が無言でいると、栄子は思い切ったようにパッと立ち上り、明男の手を強くつかんで、

「来て下さい」

と促した。「もう何も言わないで。私の言う通りにして下さい！」

それまでの栄子とは別人のように、はっきりとした意志のこもった声だった。明男は引張られるままに立ち上った。

栄子が固く明男を抱きしめた。——もう拒む機会は失われていた。

「さあ」

栄子は明男の腕を取って、ダイニングから出た。

そのとき——。玄関の鍵がカチャリと回る音がした。

二人が凍りつくように立ち止る。

「ただいま」

玄関のドアが開いて、みさきが入って来た。

栄子は素早く明男から離れて、

「――どうしたの？」

と、玄関へ出て行った。

「うん。涼ちゃん、風邪ひいて寝込んじゃったんだ」

と、みさきは上って来て、「せっかくご飯作ったから、って言われたんで、食べて来た。――あ、今晩は」

みさきが明男を見てニッコリ笑った。

「やあ」

明男は肯いて、「僕も、お母さんの手料理をごちそうになったところだよ」

「あ、そうなんだ」

みさきは肩からさげたバッグを下ろして、「雨が少し降ってるよ。コート、ちょっと濡れた」

「じゃ、脱いで」

と、栄子はコートを脱がして、「この程度なら、ハンガーに掛けておけば大丈夫ね」

明男は、栄子と目が合うと、

「じゃ、僕はこれで」

と言った。「ごちそうさまでした」

「いいえ。召し上っていただいて……」

「もう帰るの？」

と、みさきが言った。

「うん。珠実を風呂に入れなきゃね」

「いいなあ、お父さんとお風呂」

みさきは伸びをして、「お母さん、お風呂入れる？」

「ええ。——今なら、ちょうど」

「じゃ、先に入るね」

明男はそのまま玄関へ下りると靴をはいて、

「じゃ、みさき君」

「さよなら」

みさきが笑顔で手を振った。

「さようなら」

明男は少していねいに言った。

表に出ると、明男はほとんど走るような勢いで夜道を急いだ。

しばらく行って、息を弾ませながら足取りを緩める。そして、

「俺は馬鹿だ」

と呟いた。

一体何をしようとしていたのか？　明男は突然目が覚めたかのようで、初めて風の冷たさを感じた。

ほてった頬には、北風が快かった。

タクシーが来るのが見えた。手を上げて停ると、急いで乗り込んだ。

もちろん、電車とバスで帰ることはできる。ただ、今は一刻も早く、あの家から遠ざかりたかったのだ。

ケータイを取り出すと、爽香へかける。

「――もしもし、明男？」

「今、帰る途中だ」

「お友達と食事して来るんじゃなかったの？」

「もう食べて別れたんだ。向うも用事ができたっていうんで」

「何だ、そうなの。じゃ、お風呂は待ってるわね」

「ああ、そうしてくれ。たぶん――三十分くらいで帰る」

「分った」

「爽香」

「うん？」

「大丈夫か？」

爽香はちょっと面食らったようで、

「大丈夫よ。どうして？」

「いや……。今朝、疲れてるみたいだったから」

「そう？　ま、疲れるわよ。四十三だもん」

と、爽香は笑って言った。「仕事で色々あってね」

「どうかしたのか」

「後でゆっくり話すわ」

「じゃあ……。後で」

通話を切ると、明男はケータイの電源を切った。きっと栄子がかけて来るという気がしたのだ。

爽香に「大丈夫か？」と訊いたのは、明男自身が「大丈夫なのか」と自分へ問いかける代りだった。

何もなかった。――そうだ。何もなかったぞ、爽香。

もしあのとき、みさきが帰って来なかったら、今ごろは……。

いや、考えるのはよそう！　結局、何もなかったのだから。

栄子を疑うわけではないが、果して本気で明男と「一度きり」で終らせるつもりだったのか。そう言っても、明男がいつまでも思い悩むことを分っていたのではないか。

結婚するという話も、本当なのかどうか。明男に「結婚するのなら、後は大丈夫だ」と思わせようとした作り話かもしれない。

事実だとしても、いつ気が変るか……。

「どうかしてた……」

もともと、一人でいる栄子の所へ出かけて行ったのが間違いだ。その時点で、明男の方にも、栄子とそうなってもいいという気持があったのかもしれない。

みさきが帰って来たのは、天の助けだったのかもしれない。いや、栄子にとっては、夢の破れた瞬間だろう。

「もう二度と行かないぞ」

と、明男は声に出して言った。

もう二度と……。

明男は車の窓から、夜の町並を眺めて、心の中でくり返した。

もう――もう、二度と。

18 怪死

「何かあったんですか」

爽香はビルの受付の女性に訊いた。

「え？　何でしょうか？」

受付の女性も、その何かに気を取られている様子で、爽香に訊き返した。

「さっきから出入りしているのは、警察の人ですよね」

色々、経験豊富な（？）爽香は刑事を見慣れているので、雰囲気で分る。

〈Mパラダイス〉の入ったビルへやって来た爽香は、ロビーにいる数人の刑事、そしてエレベーターに乗って行く刑事にも気が付いていたのだ。

「あの——詳しいことは私……」

と、受付の女性が口ごもる。

「ええ、分ります。いいんです。二十七階の〈Mパラダイス〉の久留さんにお会いしたいので」

爽香は、言われる前に〈訪問者〉の用紙にさっさと名前と勤め先を書き込んだ。

「あ……。〈Mパラダイス〉は今、大変だと思いますよ」

と、受付の女性が言った。

「大変、とは?」

「今、警察の人が入ってて……」

「〈Mパラダイス〉に? 何があったんですか?」

「あの……」

と、声を低くして、「社員の女性が亡くなったんです。自殺か殺されたのか分らないんですけど」

と言った。

「そうですか……」

「一応久留に連絡してみます」

「よろしく」

久留は、十五分ほどでロビーへ下りて来るということだった。

「じゃ、待たせていただきます」

と、爽香は言って、「あの——亡くなったのがどなたか分りますか? 私の知ってる方でないといいんですけど……」

「久留さんとよく一緒に外出されてた、貫井さんって方です」

貫井聡子！　――なぜ彼女が死んだのだろう？

偶然ではない。この時期に。

「あの人――」

と、受付の女性はそっと言った。「久留さんと――いい仲だったんですよ」

「貫井さんがですか？」

「ええ。外で偶然見かけたことがあるんです。二人で手をつないで、楽しそうだったわ」

貫井聡子が死んだ。

爽香は、会社に戻ったら、どんなことだったのか、調べてみようと思った。

「私が言ったこと、内緒ですよ」

受付の女性がちょっと周囲を見て言った。

「ええ、もちろん分ってます」

と、爽香は肯いた。

内緒と言いながら、受付の女性は、しゃべり出すと止められないタイプらしく、

「でも、久留さんは捕まったりしないでしょ。久留さんって、奥さんが警察の偉い人の娘さんなんですって。いつか、交通違反くらいならもみ消してくれるんだっていばって

ましたわ」

「まあ、そうなんですか」

でも、ことは殺人かもしれないのだ。そう簡単にもみ消すってわけにはいかないだろう。

爽香は、久留が下りて来るのを待っていた。

ケータイが鳴って、出てみると、

「あ、久留です。すみません、お待たせして」

「いえ、それはいいんですけど……。大変だったそうで」

「聞かれましたか。貫井君がとんでもないことになって。――すみません。あと二十分ほどかかるかと……」

「分りました。じゃあ、ビルを出た向いの喫茶店にいますから、お電話いただけますか」

「分りました。申し訳ありません」

爽香は、ビルを一旦出て、通りを渡った所の喫茶店に入った。

ロビーで待っていても良かったのだが、コーヒーでも飲んでいる方が、待たせる方は気が楽だろう。

空いていたので、奥の方のテーブルについて、コーヒーを頼もうとしたが、

「ええと……。ミルクティー」

やはり〈ラ・ボエーム〉のコーヒーに慣れてしまうと、おいしくないコーヒーは飲みたくない。店の感じから見て、ていねいにコーヒーを淹れている風ではなかった。

ともかく水を一口飲んで、ケータイのメールをチェックする。あやめから一件入っていたが、返信の必要はないだろう。

「いらっしゃいませ」

という声に入口の方を見ると、

「あ……」

何だか落ちつかない様子で入って来たのは、浅野みずきの妹、小百合だ。

爽香には気付かない様子で、入口近くの席につくと、

「コーヒー」

と、ひと言、出て来た水をガブガブと飲み干した。

久留に会いに来たのだろうか？

姉に会うことはできたのか。——声をかけるのはためらわれたが、気になった。

小百合の様子が、どう見ても普通ではない。いや、色々事件に出会って来た爽香だから、そう思うのかもしれない。

ともかく、小百合が不安そうにしていることが気になったのである。

コーヒーが来ると、小百合はやたらにミルクと砂糖を沢山入れて、ほとんどやけ酒のようにあおった。

そしてケータイを取り出すと、どこかへかけたが……。

「――私、小百合よ」

声が上ずっている。「話があるの。出て来て。――え？　警察が？」

久留へかけているらしい、と爽香は思った。

「――分ったわ。じゃ、出られるようになったら電話して。絶対よ」

あの口調は、何かよほど思い詰めている。

爽香は声をかけてみようかと、立ち上りかけたのだが、そのとき、店に入って来たのは、何と蔵本泰子だった。

店の中を見渡すと、

「あ、いた！」

と、爽香を見付けてやって来た。

「泰子さん……」

「爽香さん、そこのビルに行ってるって聞いて。久保坂さんから」

「ああ……。でも、何のご用？」

爽香は、小百合が自分に気付いてハッとしているのを見ていた。そして、小百合は急いでコーヒーを飲み干すと、あわてて立って、支払いをして出て行ってしまった。

「——どうかした?」

と、泰子に訊かれて、

「いえ、別に」

と、爽香は首を振った。

そして、泰子がスポーツバッグを足下に置いているのを見ると、

「ご旅行?」

と訊いた。「あ、学校のクラブね」

「いいえ。——私、家出して来たの」

「は?」

爽香も面食らった。

「私もミルクティー。——家出」

とくり返し、「しばらく爽香さんの所に置いて。ね?」

爽香は唖然として言葉が出なかった。

何とか切り抜けた……。

久留はそっと汗を拭った。

もちろん、貫井聡子の死について、久留が色々訊かれるのは仕方ない。しかし、今のところ久留との関係を、警察はつかんでいないようだ。

「——お疲れさまでした」

と、部下の女性に声をかけられて、

「全くだ。疲れるよ」

と、久留は苦笑した。「ちょっと〈G興産〉の杉原さんと打合せしてくる。ついでに甘いものでも食べるか。疲れたときは必要だからな」

「じゃ、ケーキでも？」

「いやあ、そんなもんじゃ足りないな。チョコレートパフェのビッグサイズだ」

「わあ、気持悪い」

と、女の子たちが笑った。

これで少し調子を取り戻した久留は、エレベーターホールへと出て行った。

「小百合の奴……」

杉原爽香に会う前に、小百合と会った方がいいだろう。——一体、何しに来たんだ？

エレベーターは一人だった。壁にもたれて息をつく。

意外だったのは、貫井聡子の死について、「殺人」と断定されていない、ということだった。あんな状態で自殺なんてことがあるのか？

まあ、久留としてはありがたいことだ。

ロビーに出ると、久留は小百合へ電話した。

「今、どこなんだ？」

と訊くと、

「表よ。ビルを出て左を向くといるわ」

「分った」

久留はケータイをポケットに入れ、ビルから出た。左へ目をやると、小百合がコートをはおって立っていた。

「——どうしたんだ」

と、久留が歩み寄って、「仕事中だぞ。それに、刑事が来ていたんだ」

「分ったわよ」

と、小百合は言った。「あそこの喫茶店に何とかいう女が……」

「杉原爽香だろ。分ってる。仕事の話があるんだ。ゆっくり話しちゃいられない。何の用だ」

と、久留は苛々して訊いた。

「旅に出たいの」

と、小百合は言った。

「何だって？」

「姉さんの所でじっとしてると、どうかなりそう。姉さんは死んだっていうし、あの貫井って女の人の顔を思い出すと、眠れない」

と、早口に言って、「二、三日、どこかの温泉にでも行って、忘れたいの。いいでしょ？」

久留は少し迷ったが、確かに小百合の言うことも分らないではなかった。

「まあ……そうだな」

「いいでしょ？　お金ちょうだい」

「待ってくれ。そんなに現金を持って歩いちゃいない」

「じゃ、用意してよ」

久留はため息をつくと、

「分った。しかし、今すぐは無理だ。今日の夕方までに少しおろして来る。今夜、渡すよ」

「十万ね」

「十万か。——分った」

「じゃ、いつ？」

「夜……七時でどうだ？」

「七時ね。じゃ、東京駅で。私、七時過ぎの列車のチケット、買っとくわ」

「ああ。仕度して来るといい。──その代り、どこに行って、どこに泊ってるか、ちゃんと連絡しろ」

「分った」

小百合はやっと少し落ちついた様子で、「私のこと、疑われてる?」

「いや、今のところそんな話じゃない。殺人という決め手に欠けてるんだ」

「そうなの。──あんた、悪運が強いのね」

「何だ、その言い方」

と言って、久留は笑ってしまった。

小百合もつられて笑うと、

「姉さんも、その悪運の強さにあやかりゃ良かったんだわ」

久留は、初めて小百合をまじまじと眺めていた。

みずきとはあまり似ていないが、可愛いところがある。

「七時に、駅のどこで待ってる?」

と、小百合が訊く。

「なあ、列車のチケットはその後で買えばいいだろう」

と、久留は言った。「飯でも食べて、それから見送ってやるよ」

「どうでもいいけど……」

小百合も久留を見る目が変っていた。「二十万円にしてくれる？」

19　焦　燥

「やっぱり出ないわ……」

大宅栄子は、諦めて手の中のケータイをじっと見下ろした。

もう何度かけただろうか？　今朝から、五回？　六回？　たぶん十回近くも、明男のケータイにかけている。

しかし、呼出してはいるのに、出てくれないのだ。

スクールバスを運転しているのだから、出られないだろう、とも思う。しかし、それでも、一度くらいは出られるだろう。

あの人は、もう別れるつもりだ。——栄子は認めたくなかったが、そう分っていた。

あのとき——みさきが帰って来なかったら、間違いなく明男は栄子を抱いていたはずだ。

みさきが思いがけず帰って来たこと。それが、二人にとって「幸運だった」と思うべきかもしれない。しかし、一旦体の中に燃え上った火は、容易なことでは消えなかった。

栄子が明男に話した縁談は、事実である。しかし、明男が失われようとしている今、栄子はそんな相手のことなどすっかり忘れてしまっていた。

何も手に付かないで、栄子はソファにじっと座っていた。

テーブルに置いたケータイが鳴って、栄子はハッとした。メールが来たのだ。

予感は当っていた。明男からだ。

〈もうお会いするのはやめましょう。

それがお互いのためだと思います。

みさきちゃんのためにも、お互い冷静になりましょう。

お幸せに。〉

笑いたくなるほど、予想通りのメール。

栄子は立ち上って、コーヒーを淹れた。あのとき、明男が、「おいしい」と感激してくれたコーヒー。

いつもの手順で、いつも通りの味にコーヒーを淹れることで、栄子は冷静になった。

しかし、それは明男がメールで望んでいた意味での「冷静さ」ではなかった。

明男は、その優しさで大勢の女性に好かれ、頼りにされる。しかし、もともと器用に女と遊ぶことのできる人ではないのだ。

あんなメールを送ってよこすのも、栄子が何度も電話するのを無視しているのが辛くなってしまうからだ。何か言わずにいられなくなるのだ。

しかし——たとえどんな内容のメールでも、受け取る栄子にとっては、「まだあの人は私と連絡したがっている」としか思えない。

少なくとも、栄子がメールで返信するのを拒みはしないだろう。

ゆっくりとコーヒーを飲みながら、栄子はこれからどうしたらいいだろう、と考えていた。明男を諦めるためでなく、明男を「取り戻す」ために……。


「まあ、泰子が?」

蔵本明子は爽香からの電話に、びっくりしたようで、「そんなご迷惑を……。ごめんなさいね」

「いえ、私は構わないんです」

と、爽香は言った。「ただ、お知らせしておかないとご心配だと思って」

「本当にありがとう。今日は帰りが遅いだけかと思ってました。泊めていただいていいのかしら」

「今夜だけか、せいぜい明日ぐらいまででしょう。こんな狭い家、きっと息苦しくなって耐えられませんよ、泰子さん」

「まあ」

と、明子は笑った。

「今、泰子さんはお風呂です。そちらへお電話することは、お話ししてあります」

「じゃあ、すみませんけど、よろしく」

と、明子は言って、「あの――泰子はどうして家出なんかしたのか、理由を言ってます？」

「いえ、今のところまだ。――お心当りは？」

「さあ……。何しろ、十六にもなると、何を考えているのか分らなくて」

と、明子はため息をついた。

「分りました。無理に訊き出すことはしませんが、泰子さんが自分から話して下さるなら、聞いておきます」

「よろしく」

――爽香はケータイをテーブルに置いた。

部屋にそう余裕があるわけではないので、とりあえず明男にはこの居間のソファで寝てもらおうか。

一応ソファを広げるとベッドになるようにできている。

「――ただいま」

明男が帰って来た。

「お帰り」

爽香は立ち上って、「ご飯、食べるでしょ？」

「うん。でも、珠実のお風呂――」

と言いかけて、明男は浴室から聞こえてくる珠実の弾けるような笑い声に気付くと、

「誰と入ってるんだ？」

「高校生のお姉ちゃん」

「瞳ちゃんか？」

「違うの」

爽香が事情を説明すると、

「へえ！　珠実も喜んでるみたいじゃないか」

「気が合うみたいよ。そろそろ珠実ちゃんを受け取りに行ってくるわ」

爽香は浴室へとバスタオルを手に急いだ。

「珠実ちゃん、出ます！」

と、泰子の声がした。

「はい、どうも」

裸で真赤な顔をして出て来た珠実をバスタオルでくるむ。

「ありがとう、泰子さん」

「いいえ。面白かった、ね、珠実ちゃん」

「うん！」

「じゃ、ゆっくり入ってね」

と、泰子に言っておいて、爽香は珠実の体を拭いた。

「はい、パンツをはきましょうね」

パンツ一つで駆け出した珠実は、

「あ、お帰り、お父さん」

「やあ、お父さんともう一度入ろうか」

「もういいよ！」

と、珠実は笑って言った。

——爽香も、今日は泰子が泊ることになって、気を取られることが多く、明男の様子に気付かなかった。いつもなら、爽香と目を合せようとしない明男に気付くだろうが。

「明男、ソファで寝てね」

と、爽香に言われて、

「ああ、分った」

明男はいつもの口調に戻っていた。

そうだ、俺はもう大宅栄子とは手を切ったのだ。

あのメールに、栄子は返信して来ないし、もうケータイにかけても来ない。

栄子も、みさきの母として冷静にならなければならないということに気が付いたのだろう……。

明男は安心していた。


「呆れた人ね」

と、浅野小百合は言った。

「俺のことか?」

久留はネクタイをしめながら言った。

「他に誰がいるのよ」

小百合はまだベッドの中だった。

東京駅からタクシーで十分ほどのビジネスホテルに、二人は入っていた。

「どっちもどっちだろ」

と、久留は肩をすくめて、「金目当てじゃないのか」

「二十万くらいで体は売らないわ」

小百合は毛布を胸元まで引張り上げて、「もうこれから発つんじゃ遅いわ。今夜はここに泊って、明日の朝、出る」

「好きにしろよ。しかし、それ以上は出せないぜ」

「姉さんを死なせといて、よく妹と寝る気になるわね」

「死なせたんじゃない。勝手に死んだんだ」

久留の言葉に、小百合は苦笑した。

母が付合った男たちを、子供のころからずっと見て来た。この久留のような男も、何人かいた。

人の道に外れたことをしても、後悔するということがない。まずいことになると、

「俺はツイてない」

と、運のせいにする。

そう。こういう男は、わがままな子供のころから成長していないのだ。

ボール投げをしていて、他人の家の窓ガラスをボールが割ってしまったら、「ボールが勝手に飛び込んだ」と言いわけする。

ボールが人に当ってけがさせても、「そんな所を歩いてた奴が悪い」と言い張る。

久留が自分に関心を持っていると気付いた小百合は、身を任せた。

久留にひかれたわけではない。こうしておけば、久留の弱みが握れる、と冷静に考えていたのだ。

「じゃ、行くよ」

久留は上着を着て、「宿に着いたら、ちゃんと連絡してくれよ」

「分ってるわ」

小百合はベッドに入ったまま、手を振った。

久留は、これで小百合を思い通りにできると思っているのだろう。

あるいは、そんなことも考えていないかもしれない。ただ、「いっとき楽しんで得をした」とでも。それとも、「どうして俺はこんなにもてるんだろう」と、ニヤついているか……。

しょせん、その程度の男なのだ。

小百合は、あんな男のために命を捨てたみずきのことが哀れだった……。

約束の時間を、もう二十分は過ぎていた。

しかし、別に急がない。——待つのは慣れている。

松下はウーロン茶を飲みながら、バーの中を見回していた。ホテルの中のバーだから、居酒屋のように騒いでいる者はないが、それでもアルコールが入って、我知らず声が大きくなっている連中はいる。

あれじゃ、ビジネスの話もできない。

ケータイに仕事のメールが入って、それを読んでいると、誰かがテーブルのそばに立った。顔を上げると、一瞬ハッとするような美人がスーツ姿で立っている。

「——何か?」

と、松下が訊くと、

「私をお捜しなのは、あなたですか?」

と、その女が言った。「〈カルメン・レミ〉です」

松下もさすがにびっくりした。およそ、怪しげな占い師のイメージではない。

外資系の企業にでも勤めているキャリアのある女性という感じだ。

「確かに、私です」

と、松下は言った。「直接おいでになるとは思っていなかったのでね、失礼した」

どうぞ、と向いの席を手で示すと、〈カルメン・レミ〉は腰をおろして、ウェイターへ、

「ジンジャーエールを。辛口のね」

と言った。

「松下です」

と、名刺を出す。

それを手に取って、

「〈消息屋〉? 面白いご職業ですね」

「行方の分らなくなっている人間を捜したり、長いこと連絡を取っていないで、今どこに住んでるか分らないという相手を見付けたりします」

「色々人脈がおありなのね」

と、興味深げに、「私のことも、誰かのご依頼で?」

「もちろん」

三十そこそこの若さ。よく陽焼けした、南方系のくっきりした目鼻だち。〈カルメン〉と名のっているのは、おそらく情熱的に見える風貌からだろう。

「依頼人の秘密がおありでしょうから、誰から頼まれて、とは訊きませんわ」

と、〈カルメン・レミ〉は言った。

「直接お会いできたんだから、率直に伺いましょう。〈G興産〉の田端社長とはどういうお付合で?」

「そういうお話ですか」

と、〈カルメン・レミ〉はちょっと眉を上げて、「プライベートなことはお答えしないようにしていますが……。でも、田端さんとはビジネス上のお付合ですから。社外にコンサルタントをお持ちの経営者は多いのでは?」

「すると、コンサルタント業務をやられているのですか?」

「ある意味では」

「それはどういう……」

「コンサルタントといっても、私は今どこの株を買えとか、そんな話はしません。あくまで、相手の方のご相談にお答えするだけですわ」

松下は淀みない言葉に、頭のいい女だ、と感じた。若いが、自分をコントロールするすべを心得ている。

「田端社長からは、どんなご相談が？」

〈レミ〉はちょっと笑って、

「答えを期待なさっておられないでしょうね。私にも依頼人の秘密を守る義務がありますわ」

「確かに」

と、松下は肯いた。

飲物が来て、〈レミ〉は一気に半分ほど飲むと、息をついて、

「一つだけお教えしましょうか」

「お伺いします」

「私は忠告してあげました。〈G興産〉の経営にとって、杉原爽香という部下は妨げになると」

と、〈カルメン・レミ〉は言って、「では失礼しますわ。私も忙しいので」

足早にバーを出て行く〈カルメン・レミ〉を、松下は半ば呆れたように見送っていた……。

20 警告

「私の名が?」

爽香は、松下からの電話を聞いて、びっくりした。

「ああ。田端に話したそうだ」

と、松下が言った。「このところ、田端の態度に変化がないか?」

「さあ……。気が付きませんけど」

と、爽香は言った。「私が鈍いだけかも」

風呂上りで、パジャマ姿の爽香は居間のソファに座っていた。

明男が今はお風呂に入っている。出て来て寝るとなったら、このソファを空けなくては。

「もう少し正攻法で行く」

と、松下は言った。「あの女の身許、本名から経歴まで、とことん調べてやる。過去のない人間はいないからな」

「お願いします。松下さんご自身の印象は？」

「どうもつかみどころがない」

と、松下が言った。「ただ……」

「ただ？」

「いや、会っている間、ずっと何となく『この女を知ってる』という気がしてたんだ」

「昔の知り合い？」

「いや、あの若さだ。直接知っていたとは思えないが。ただ、誰かを連想させたのかもしれない」

「じゃ、思い付いたら教えて下さい」

「ああ。――しかし、用心しろよ。あの女自身はそう危いという印象はなかったが、男を操って、何かやらせることはできるだろう」

「暴力的なこと、って意味ですか？」

「ああ。俺も用心するが、お前もあんまり一人で出歩かないようにな」

「心がけます」

爽香は通話を切ると、ちょっと首をかしげて、「いやね、本当に」

と呟いた。

「あら……」

居間の戸口に、蔵本泰子がパジャマを着て立っていた。

「もう寝たら？　学校は——」

「サボるからいいの」

と、居間へ入って来ると、「どうかしたの？　『暴力』がどうとか聞こえたけど」

「まあ。立ち聞きはいけませんよ」

と、爽香は笑って、「大したことじゃないの」

「いいえ、真剣な表情だった。何かあったか、それともありそうか、でしょ？」

「大人はね、こちらが何もしてなくても、恨まれたり、嫌われたりすることがあるの」

「そうでしょうね」

泰子は何か思い当ることがあるらしく、考え込みながら肯いた。

爽香は、泰子が何か打ち明けようとしているのを感じた。泰子が爽香を見た。

「ああ、やれやれ」

ちょうど明男が入って来た。「一人で入ると、何だかもの足りない」

「すみません、楽しみを奪ってしまって」

泰子が微笑んで、
と言った。

「いや、とんでもない」

「何だか私――ベッドまで拝借するみたいで。申し訳ありません」

「なあに、ソファで寝るぐらいのこと、慣れてますよ」

「じゃ、私、お先に休ませていただきます」

と、泰子は立ち上って、「おやすみなさい」

「おやすみなさい」

と、爽香は言った。「明日は起さないけど、自分で起きて学校へ行ってもいいのよ」

「目が覚めたら考えます」

泰子は、ちょっととぼけて見せて、「それじゃ」

と、軽く会釈して行った。

「感じのいい子じゃないか」

と、明男が言った。

「ええ。でも、どうして家出して来たのか……」

「ベッドに入ったら話すつもりかもしれないぞ」

「そうかもしれないけど……。私、たぶんベッドに入ったら一分で寝ちゃいそう」

と、爽香は言った。「明日、寝不足で出社したくないわ」

爽香は、ふと思い付いたように、

「コーヒー、飲む？」

「ああ」

何か話があるのだ、と明男も察した。

爽香は自分もミルクをたっぷり入れたコーヒーを飲みながら、

「実はね……」

と、〈カルメン・レミ〉の話をした。

「また物騒なことなのか？」

と、明男が呆れたように、「頼むぜ。俺もお前の身替りで大けがしたくない」

「それを言う？」

と、苦笑して、「ただ、一応話しておくだけ。用心に越したことないでしょ」

「ああ、分ってる。しかし――どういうことなんだ。お前が会社にとって邪魔だっていうのは」

「分らないけど……。もちろん、社内に私のこと嫌ってる人はいくらもいるわ」

「その連中が雇ってるんじゃないのか？」

「〈カルメン・レミ〉を？　でも、松下さんの話だと、どうもそうでもないみたいなのよ」

松下の名が出ると、明男はちょっと目をそらして、コーヒーをゆっくり飲んだ。

大宅栄子との付合いを、松下に咎められたことがあった。――もちろん、明男としては、うまくごまかせたのだが、用心しなければ、と思った。

「——ああ、コーヒーぐらいじゃ、この眠気、おさまりそうもないわね」

爽香は大欠伸して、「じゃ、私、もう寝るわ」

「ああ、おやすみ」

明男は居間に一人残ると、自分のケータイを取り出して電源を入れた。

大丈夫だ。大宅栄子からは連絡して来ていない。

明男は、ケータイをテーブルに置こうとして、ふと何か思い付いた様子だったが……。

「まだ大丈夫かな」

と呟いて、番号を選んで発信した。

呼出し音が聞こえた。長く続くようなら切ろうと思ったが、三回めで、

「はい」

と、張りのある声が聞こえた。「珍しいわね、明男さん」

「ごぶさたしています」

と、明男は言った。「こんな遅くに申し訳ありません」

「どういたしまして。これぐらいの時間が、セリフを憶えるのに一番いいの」

と、ベテラン女優は言った。「爽香さんは元気？」

「はい、相変らずです」

「珠実ちゃんの顔も見たいわね」

と、栗崎英子は言った。「まあ、お互い忙しいから。でも、何かご用なのね?」

「すみません。またちょっと……爽香が厄介ごとに巻き込まれているようで」

「他人でも、困ってると放っとけない子だからね」

と、英子は笑って、「今度はどんなことで?」

「一度お目にかかれないでしょうか。お忙しいのにすみませんが」

少し間があって、

「何か危険なこと?」

真剣な口調になった。

「もしかすると、そうなるかもしれないようなんです」

と、明男は言った。「爽香はそこまで言っていないんですが、何となくいやな予感みたいなものが……」

「分りました」

と、英子は言った。「明日、夜を空けるわ。あなた、爽香さんを連れて来て」

「よろしいんでしょうか」

「もちろんよ!　何ごとも早く手を打った方がいい。長く生きて来た私が言うんだから間違いないわ」

と、八十五歳の大女優は言った。「爽香さんには、こう言ってちょうだい。『栗崎さんから、どうしても会って話したいって、電話があった』って。私がどうかしたと思えば、必ず飛んで来るでしょ」

「演出ですね」

「そう、演出」

と、英子は愉快そうに、「夜、八時にNテレビのスタジオに来て」

「かしこまりました。必ず伺います」

「待ってるわ」

と言って、英子は切った。

相変らず、むだな話はしない。

「元気だな……」

と呟いて、明男は少し安堵した。

いつも一人で何もかも引き受けようとするのが爽香である。明男は、いくらか爽香への罪滅ぼしのつもりもあった。

あんなに会社のために尽くしている爽香が、そんなわけの分らない女のせいで、仕事を失うようなことは許せなかった。

「俺が守ってやる」

と、明男は呟いた。

瞳は、ベッドに入って、もうウトウトしかけていた。

ケータイが鳴った。

放っとこう、と思った。——きっと水沼登からだ。

このところ連絡して来ないのでホッとしていたのだが。

コーラスの練習で、連日遅くなり、瞳もくたびれていた。もちろん、邦山みちるが喜んでくれているので、瞳としても嬉しかったのだが、それでも勉強も忙しく、寝不足気味だった……。

一旦、鳴り止んだケータイが、また鳴り出した。瞳はため息をついて、起き上ると、机の上のケータイを手に取った。

誰だろう？　見たことのない番号だ。かけ間違い？

「はい……」

と、恐る恐る出てみると、

「杉原瞳さん？」

大人の女性の声だ。

「そうですが……」

「水沼登の母です」

瞳はびっくりして、

「あ……。どうも」

「今、登は一緒ですか？」

「は？」

面食らって、「私、もう家で寝てたんですけど……」

「じゃあ、登と一緒じゃないんですね」

「もちろんです。登さんと出かけることなんて、このところ全然ありません」

瞳の口調に納得したのだろう、

「そう……。じゃあ、やっぱりそうなのね……」

急に声が弱くなった。

「あの……登さん、どうかしたんですか」

「それが……」

と、しばらくためらっていたが、「――このところ、誰か女の子と遅くまで……」

「まあ」

「あなた、聞いてないかしら？」

「私は何も……。登さんは言わないんですか？」

「訊くと、プイッと部屋に入ってしまうの」

「そうですか。――登さん、最近は連絡して来ていないので、私は安心してたんですけど。じゃ、誰か他に付合ってる人が……」

「ただの付合いじゃないようなの。たぶん、その子とホテルに行ったりしてるみたいで」

「そうですか……」

瞳としても困ってしまうが。

登がもてるということは知っている。女の子との経験も、ないわけはない。

しかし――。

「ごめんなさい、突然電話して」

と、登の母は言った。

「いえ、どういたしまして」

「何か分ったら、教えてちょうだい。お願いね」

――通話を切ると、瞳はすっかり目が覚めてしまっていた。

「人騒がせだわ、本当に」

と呟くと、ベッドに潜り込もうとする。

またケータイが鳴った。――あの呼出しのメロディは、邦山みちるからだ。

「はい！」

と、急いで出ると、

「瞳ちゃん、起きてた？」

「はい。これから寝るところです」

「悪いけど、泊めてくれない？」

「え？」

「家に言っちゃったの。あなたと合唱のことで打合せする、って。ごめんね、迷惑かけないから」

「いえ、そんなことといいですけど……。今、どこに……」

その瞬間、瞳には分った。

水沼登がまだ帰っていない。みちるが外泊しようとしている。

そんな……。そんなこと……。

「瞳ちゃん？　もしもし？」

「先輩。迎えに行きます。今、どこですか？」

と、瞳は言った。

21　下　心

九時のチャイムが鳴ると同時に、爽香は社長室の前に立った。

ドアが開いて、秘書が出て来ると、

「あら、杉原さん」

「社長、いらっしゃる？」

「ええ。これからお出かけに……」

「五分でいいの。お時間いただけたら」

「構わないでしょ、あなたなら。——社長」

中へ声をかけてくれて、爽香は、

「おはようございます」

と、一礼して入って行った。

「何だ、どうかしたのか」

田端将夫はパソコンから目を離した。

「すみません、突然」

「いや、別に。――かけてくれ」

「先日、〈M地所〉の説明会の帰りがけに、私、呼び止められましたが」

「ああ、そうだったな。何の話だったんだ?」

「すぐにご報告しなくてすみません」

と、爽香は言った。「実は〈M地所〉の蔵本社長にお会いして」

「蔵本正一郎さんが?」

「ええ。わたしもびっくりしたんですが」

「それで……」

「私に、〈M地所〉へ来ないかと言われました」

田端は一瞬面食らった様子だったが、

「――そうか。それで?」

「即座にお断りしました」

と、爽香は言った。「ここまで〈G興産〉で積み上げて来た仕事です。今度の仕事だけでなく、これまでやって来たことを放り出せないので、と申し上げました」

「蔵本さんは何と?」

「少し考えてから返事してくれないかと言われましたが、私は今、そんなことで迷っている暇はありません」

「なるほど」

「蔵本さんも、そうわけの分らない方ではないと思います。このことで気を悪くされはしないでしょうが、もし今後、何か影響が出るようですと……」

「君に辞められるよりはいいさ」

と、田端は笑って言った。

「そうおっしゃっていただけると、助かります。お時間をいただいて、すみません」

爽香は立ち上って、「では、これで」

「なあ」

「はい？」

「向うは何か条件を出しただろ？　どんな話だった？」

「給料を今の倍出すと言われました」

爽香はあっさりと言った。

「倍？」

「はい。年俸で二倍出すが、どうだと言われて」

「ふーん」

田端はちょっと眉を上げて、「少しは気持が動いたんじゃないか？　正直なところ」

「もちろんです。動かなかったらどうかしてます」

「しかし断ったんだな」

「倍いただいても、今よりもっと忙しくなったら、家庭崩壊ですから」

「なるほど」

「それに――」

と、爽香は付け加えて、「私がよそでこんなに高く評価されてると分れば、社長がきっとお給料を上げて下さるだろうと思いまして」

田端は何とも言いようがないという顔で爽香を眺めた。爽香は真面目くさって、

「うちは家計、とても苦しいんです。ご存知でしょうけど」

「ああ……」

「よろしくご配慮のほどを」

爽香は一礼して社長室を出た。そして席へ戻ると、

「ああ、やれやれ」

と呟いた。

メールをチェックしながら、

「あやめちゃん」

「はい」

「今夜、八時にNテレビに行く。一緒に来られる？」

「はい、大丈夫です。何のご用で？」

「栗崎様のお呼び」

「まあ。お会いできるなら嬉しいです。この間もTVでいいお芝居してらっしゃいましたね」

「明男も来るわ。何のご用か分らないけどね、栗崎様が」

爽香は、返信する必要のないメールを分けて行った。

それにしても……。蔵本正一郎の話は、事実、田端に伝えた通りである。

あの〈カルメン・レミ〉が松下に言ったことが事実なら、田端は爽香が〈G興産〉にとって有害な存在だと思っているかもしれない。いや、そこまで思わなくても、爽香のことを見直そうとするだろう。

爽香が今朝一番で田端に話に行ったのは、蔵本からの「引抜き」の話が、いずれ田端の耳に入る——あるいはもう入っているかもしれない、と思ったからである。

ただ断ったと言うだけでは、田端は爽香が何か隠していると考えるかもしれない。呼び止められなくても、「給料を倍」の話はするつもりだった。そうすることで、断った話も信じてもらえる。

加えて、あんまり期待できないにせよ、給料を上げてくれる可能性も、なくはない……。

もちろん〈G興産〉の社員として、一人だけ給料を上げてもらうわけにいかないことは分っている。加えて、田端には、兄、充夫のために借りた一千万円の借金があり、少しずつ返してはいるものの、まだ全額返済には遠い。

「——チーフ」

と、あやめが言った。

「え?」

「何かあったんですか? ため息ばっかり、さっきから」

「そう? 気が付かなかった」

爽香は伸びをして、「疲れてるのよ、きっと。十一時からだっけ、打合せ?」

「はい。ホテルですから、十時半には出た方が」

「声をかけて。資料、見られる?」

「パソコンに送ってあります」

その辺、あやめにぬかりはない。

「目が疲れる……。書類になってない?」

「ファイルにしてあります。会議室に広げましょうか?」

「面倒だけど、お願い。ずっとパソコン見てると頭が痛くなるの」

「分りました。じゃ、すぐ第一会議室に」

あやめがさっさと立って行く。

あやめのてきぱきとした動きが、爽香の背中を押してくれている。ありがたい、と心で手を合せた。

あんないい部下を持っているだけでも、自分は幸せなのだ……。

少しお茶を飲んでから第一会議室へ行くと、広いテーブルの上にズラッと資料が並べてある。

「ホッとするわね、こういうアナログな世界って」

「チーフ。何か言いたいことがおありでしょ？」

「私が？」

「それで会議室に、っておっしゃったんじゃないんですか？」

「まあ……それもあるかな」

爽香は、田端に話して来たことを、あやめに伝えた。そして資料を見ながら、

「社長に言わなかったこともあるの」

「お給料二倍ってこと以外にですか？」

「ええ。――その話をしたときにね、『僕は蓼科にね、いい別荘を持ってるんだ。今度一緒に行かないか』って」

「一緒に、って……」

「明らかに浮気の誘い。ね、男って、どうしてああなの？」

「私に訊かれても……」

「私なんか、美人でもない。足も短いし、お腹も出てる、ただのおばさんなのに、どうしてああいう目で見るんだろ？」

あやめはちょっと笑って、

「チーフ、少しはうぬぼれればいいんですよ」

「よして。私だって鏡ぐらい持ってるわ」

と、爽香は言った。

「で、蔵本さんに何て返事したんですか？」

「何か気のきいたことが言えたら良かったんだけどね。あんまりびっくりしたんで、『まだ子供は小さいですし、とてもそんな時間は取れません』って言ったわ。他に言葉を思い付かなかったの」

「充分じゃありませんか。ああいう大企業のトップなんて、何でも自分の言うことが通ると思ってるんですよ」

「本当にね……。その点、堀口先生はどう？」

あやめの夫は日本画壇の巨匠だ。それこそ、何でも思い通りになりそうだが。

「時々、わがまま言いますよ。画商とか美術館の人とかに。そういうときは私が叱ってやります」

「怖そうだ」

と、爽香は笑った。

「追い出されたって、ちっとも怖くないですもの。もともと入籍してないし」

堀口にとっては、こういうあやめが魅力的なのだろう、と爽香は思った。

爽香はしばらく資料に目を通すことに熱中した。――あやめがそばでメモ用紙を手に控えていて、爽香の言うことを一つ一つ書きとめている。

「こんなところね」

と、爽香は腰を伸して、「今度は腰が痛くなる。どっちかだわね」

「片付けますから、チーフ、席に戻っていて下さい」

「じゃ、お願い」

爽香が会議室を出ようとすると、ケータイがポケットで鳴った。

「――もしもし、泰子さん？」

蔵本泰子からだ。

「お仕事中、ごめんなさい」

と、泰子が言った。

いやに周囲が騒がしい。

「もしもし？　泰子さん、どこでかけてるの？」

「すみません、やかましくて。空港です」

「空港？　何の用で？」

「私、本木さんと旅に出ることにしたんです」

「え？」

「心配しないで、って母に伝えて下さい。これで電源切りますから」

「あの――。もしもし！」

切れてしまった。

「どうしたんですか？」

「どうなってるんだろ！　困ったわ」

爽香は椅子にかけると、頭を抱えた。

話を聞いて、あやめは、

「それって、誘拐になっちゃいますよ。まだ十六でしょ、泰子さんって」

「そうね。本木って人が、どういうつもりか分らないけど……」

ともかく母親に連絡しよう。爽香は蔵本明子のケータイにかけた。

「――まあ、爽香さん。泰子がご迷惑かけて」

明子はのんびりと言った。泰子が爽香の家に泊りに行ったことを言っているのだ。

「実は今、泰子さんからお電話があって」

「あの子、また何か……」

「本木重治という人と、飛行機でどこかへ出かけたようです」

――向うはしばらく沈黙していた。

「もしもし？」

「爽香さん、そのこと、主人は？」

「いいえ、まだどなたにも。奥様に、まずと思いまして。どうなさるか、ご家庭内の問題ですから」

「分りました。本当にご迷惑かけて……」

「いいえ」

「あの子――どんな様子でした？　いえ、話の調子は」

「ごく普通でした。奥様に心配しないで、と伝えて、とおっしゃって」

「心配するに決っているのに」

「あの……駆け落ちとか、そんな口調ではありませんでしたけど」

「そうですか。電話しても通じないでしょうね。仕方ないわ。メールでも入れて、ともかく連絡しろと言ってやります」

「警察へ届けられますか？」

少し間があって、

「今はそこまでしません。――まさか恋人同士とも思えませんけど」

「奥様は本木という人、ご存知ですか？」

「会ったことがあります。義父の息子と言っていました」

「私も、少し話をしましたが……」

「ともかく、爽香さんにこれ以上ご迷惑をおかけするわけには……」

「気にしないで下さい。私、そういう星の下に生れついてるので。どうぞ遠慮なく迷惑かけて下さい」

と、爽香は言った。

「ありがとう……。本当にいい方ね、あなたって」

と、明子は少し声を詰らせた。

「私からも、泰子さんのケータイにメールを入れておきます。母親には言いにくいこともあるでしょうから」

通話を切ると、爽香は、「そうは言っても……十六歳の女の子の心に響くようなメールなんて……」

「チーフらしくないですよ。チーフはチーフです。四十代の他人として、言ってあげればいいんです」

「そうね。かつて十六だった四十代としてね」

と、爽香は微笑んだ。

「でも、チーフはきっと……」

と、あやめが言いかける。

「なあに？」

「つまり……これだけ他人のために尽くしてるんですから、きっと、今度生まれ変ったらいいことありますよ！」

「そこまで待つの？　せめてこの世にいる間にお願いしたいわね」

「あ、チーフ、そろそろお出かけの仕度を」

「そうだった！　メールは車の中で考えるわ」

爽香はあわてて会議室を飛び出して行った。

22　ねじれる想い

　打合せが三十分ほどで終って、ホテルのラウンジで爽香たちは仕事相手と雑談していた。

「いや、杉原さんとの打合せは、むだがなくて、てきぱき進められるんで助かりますよ」

　と、五十代の課長が言った。「相手によっちゃ、肝心の話になるまで一時間もかかる人がいますからね」

「阪神タイガースファンの某社長、とか？」

　爽香の言葉に、

「そう！　正にそれです！」

　と、相手は大喜び。

　あやめのケータイが鳴って、

「失礼します」

と、あやめはロビーへ出た。「もしもし？　あなた、どうしたの？」

堀口から夕食の誘いである。どうしても外食が多くなる。

「フレンチの新しい店を聞いたんだ。明日の七時半ごろはどうだ」

「妻をデートに誘う人って珍しいわね」

と、あやめは言った。「チーフの方で何かなければ行くわ」

「何かまた事件か？」

「それが、〈M地所〉の社長令嬢がね……」

あやめがザッと説明すると、

「蔵本正一郎の娘か。さぞいい暮しをしてるだろうな」

「食べるには困ってないでしょ」

「そういいい暮しに慣れた娘だ。見付からないように、と思っても、絶対に安宿などには泊らん。十六といったか？　それなら、家族でいつも泊っている最高級のホテルか旅館にしか泊れないだろう。ちょっとでも古くて汚れていたりしたら、耐えられないよ」

「なるほどね」

「いつも泊っていて、自分のことをちゃんと特別扱いしてくれる所でないと。飛行機というのなら、九州か北海道かな。家の者に、旅行先の常宿を訊いて当ってみることだ。」

きっと手がかりぐらいは見付かる」

「あなた、さすが九十年以上生きただけのこと、あるわ」

「じゃ、店を予約しとくよ」

と、堀口は言った。

ラウンジの席に戻ると、爽香が一人で寛いでいる。

「チーフ、今、主人と話したんですけど」

あやめの話を聞いて、

「そうね。堀口さんの言う通りかも。早速、明子さんに……」

と、爽香はケータイを取り出した。

「あ、待って下さい。また主人から。――もしもし？」

あやめはその場で堀口からの電話に出た。

「おい、さっき〈M地所〉の蔵本と言ったか？」

「ええ、そうよ」

「古い知り合いだ。二つ三つ年下だと思うが」

「それは亡くなった蔵本正史さんでしょ」

「ああ、そうか。じゃ、あの息子か？　およそ、父親の後を継ぐ器じゃなかったが」

「そんなこと言ったって……」

「じゃ、さっきの話の女の子は蔵本の孫か。思い出したんだが、私の絵を二、三点買ってくれて、そのとき北海道に〈M地所〉の経営するホテルがあってな、招待されて何回か泊った。今でもあれば、駆け落ちにゃぴったりだ」

「まさか。そんなすぐ見付かるような所――」

「長く泊る気はないかもしれん。もし、近くの湖で心中でもしようっていうのならな」

「――ありがとう。伝えるわ」

あやめは爽香へ話をして、「主人って、ときどきびっくりするくらい、勘のいい人なんです」

「あやめちゃん――」

「すぐ明子さんへ連絡して下さい！」

と、あやめは言った。

Nテレビの近くで軽く食事してから、爽香とあやめはテレビ局のロビーへ入って行った。

「あ、どうも」

栗崎英子のマネージャー、山本(やまもと)しのぶが入口で待っていた。「ごぶさたして」

「わざわざすみません。主人は――」

「さっきおいでになりました。スタジオの方に」

「そうですか」

「今、中へ入るの、うるさいので。手続きして来ます」

と、しのぶが駆けて行く。

爽香はケータイを取り出した。

「何か連絡は？」

と、あやめが訊く。

「まだ何も」

蔵本明子に、堀口の話を伝えたのである。明子も、

「すぐ調べてみます！」

と、声音が変っていた。

「あ、メールが……」

追いかけるように着信があった。松下からだ。

「今、写真を送った。届いたか？」

「まだ見てませんけど」

「例の〈カルメン・レミ〉の写真だ。チラシなどの、作りものっぽい写真じゃ素顔が分らないだろう。バーで会ったとき、顔見知りのウェイターに、こっそり撮ってくれるよ

うに頼んどいた。それが送られて来たから、そっちへも送ったんだ」

「分りました。確認します」

さすがは松下だ。黙って相手の話を聞くだけでは終らない。

山本しのぶが戻って来て、爽香たちは〈来客用〉のパスを首にかけて中へ入って行った。

スタジオの外のロビーで、ソファにかけて明男と栗崎英子が談笑していた。爽香は大女優に変った様子がないのでホッとした。

「久しぶりね」

と、英子がちょっと手を上げる。

「ごぶさたして。——明男から、何かお話があると……」

「まあね。今、聞いてたところよ。〈カルメン〉何とかいう女のことをね」

「え？」

爽香は面食らったが、すぐに分った。「明男ったら……。栗崎様にそんな話を？」

「いいじゃないの。心配してくれてるのよ」

と、英子は微笑んで、「夫の好意は素直に受けるものよ」

「それは分ってますけど……」

「その女のこと、何か分ったの？」

「いえ、詳しいことは。——ちょうど今、写真が」

爽香は、松下の送って来た写真をケータイに出して、英子に見せた。

確かに、構えて修正をしてあるような、チラシなどの写真と違って、表情がはっきり分る。三枚送られて来ていた。

「チラシの写真だとずいぶん若く見えますが、このスナップは少し老けています」

と、爽香は言って、英子がじっと〈カルメン・レミ〉の写真に見入っているので、

「——栗崎様」

「見覚えのある顔だわ」

と、英子が言った。

「ご存知ですか？」

「昔の知り合いだから、この当人じゃないでしょう。でも、母娘かもしれない。本当によく似てるわ」

「誰ですか、それって？」

「昔、女優だったの。でも、売り出そうとしてるときに、プロデューサーとの不倫が世間に知れてね。そのまま引退してしまったのよ」

「その人が母親……」

「そうじゃないかしら。よく似てる」

と、英子は言って、「当ってみたら?」

「はい! その女優の名前はお分りですか?」

英子はちょっと眉をひそめて、

「どうせ、もう年齢だから、忘れてると思ってるんでしょう」

「いえ、そんな……」

「忘れやしないわ。かぐや姫みたいな名前だったもの」

「かぐや姫?」

「如月姫香。——ね、かぐや姫みたいでしょ」

「はあ……。芸名ですよね、きっと」

「みんなそう思ってたけど、本名だったの。それで余計に憶えてるのよ」

「分りました! ありがとうございます」

爽香は急いで松下に連絡した。

話を聞いて、松下は、

「ふーん。やっぱり大したもんだな、大女優さんは」

「そう伝えます」

「早速当ってみよう。元女優ってことなら、調べる方法はあるだろう」

「よろしく。まだ外ですか?」

「これから帰るところだ。やかましいだろ、N駅のバスターミナルだからな。タクシーを拾って――」

と言いかけると、松下が突然、「おい！　何しやがる！」

と怒鳴った。

「松下さん？　――もしもし！」

ケータイが何かにぶつかる音がした。バタバタと足音らしいものが聞こえる。

「松下さん！」

何かあったのだ！　爽香は明男へ、

「一一九番！　N駅のバスターミナル！　松下さんがどうかしたわ」

と、叫ぶように言った。

「分った」

「N駅ならすぐ近くですよ」

と、山本しのぶが言った。「私の車で」

「お願いします！　栗崎様、すみません」

「いいから早く行って！」

爽香は、ケータイを耳に当てたまま、山本しのぶと二人、駆け出した。

「松下さん！　――松下さん！」

走りながら、爽香は呼び続けた。

シルエットですぐに分った。

歩き方が独特なのだ。

声をかける前に、向うが気付いた。

「あれ？　瞳じゃないか」

水沼登は笑顔になって、「僕を待ってたのか？」

「ええ」

「それならケータイにかけてくれりゃ良かったのに」

水沼の家の近くである。夜道で、人通りはまばらだ。

「直接会いたかったの」

「珍しいじゃないか。あんなに逃げといて」

と、水沼は言いながら上機嫌で、「まあいいや。これからどこかに行く？」

「ホテルにでも？　慣れてるんでしょ」

瞳の責めるような口調に気付いて、

「どうかしたのか？」

「お母さんから電話があったわよ。最近、女の人と付合ってて、帰りが遅いって」

「お袋が？　そうか。——でも、もう子供じゃないぜ。遅いったって、泊ってくるわけじゃないし……」

「教えて」

と、瞳は遮るように、「相手、邦山みちるさんなの？」

水沼はちょっと詰ったが、

「——知ってるのか。聞いたのか、彼女から？」

「違うわ。でも、先輩なのね、やっぱり」

「誤解するなよ。向うから誘って来たんだ。それに二つも年上だしな。彼女、いい体してるよ。もう大人って感じだ」

瞳は怒りを抑えて、

「恥知らず！」

と、叩きつけるように言った。

水沼は愉快そうに、

「お前、妬いてるのか？　そうか。俺があの女に手を出したんで、俺のこと、惜しくなったんだろ」

何て軽薄な男だろう。——瞳は呆れると同時に、こんな男が大切なみちるを汚したのかと思うと、やり切れなかった。

「心配するなよ。あの女とは遊びさ。向うだって、そう思ってる。――な、これからホテルに行こうぜ」

そのとき、水沼のケータイが鳴った。

「いけね、お袋からだ。――もしもし。――うん、もうすぐ家だよ。――うん、分ってる」

面倒くさそうに言ってから切ると、

「じゃ、また今度な。連絡するよ」

「分った」

「楽しみにしてろよ。俺も期待してるから」

水沼は瞳を引き寄せて唇にキスすると、「じゃ、おやすみ」

と、行ってしまった。

「――おやすみ」

口の中で呟くと、瞳はじっと闇の中を見つめていた。

許さない。私の大事なみちるさんを汚した水沼を、決して許さない。

「思い知らせてやるから」

瞳は振り返って、遠ざかって行く水沼をじっと見送っていた。

23　切迫

人だかりが目に入った。

爽香は、山本しのぶの運転する車から降りると、N駅のバスターミナルへと駆け出した。

「どいて！　どいて下さい！」

人をかき分けると、柱にもたれて座り込んでいる松下が目に入った。

「松下さん！」

「何だ……。早いな、ずいぶん」

と、松下は爽香を見上げて、「救急車を――」

「呼びました。すぐ来ますよ。――傷は？」

松下は脇腹を押えていた。シャツに血がにじんでいる。

「大丈夫だ。大した傷じゃない」

「でも……私のせいですよね。すみません」

爽香は動揺していた。松下にこれまでどれだけ助けられて来たか。

「おい、泣くな。俺が死にそうに見えるじゃないか」

と、松下は苦笑して、「とっさに身をかわした。まだ体はちゃんと動くぞ」

「出血、止めないと。——あ、救急車です」

サイレンが近付いて来る。「良かった！　松下さんに何かあったらどうしよう、って……」

「それより、おい、もう一台、救急車を呼べ」

「誰かけがを？」

「俺を刺した奴がそこで倒れてる」

言われて振り向いた爽香は、若いジャンパー姿の男が足を抱えてうずくまっているのに、初めて気が付いた。

「あの男が？」

「ああ、思い切り足払いをかけてやったら、変な姿勢で転んだ。どうやら足首を骨折してるらしい」

「さすがですね！」

やっと笑顔を見せて、「いいです。少し放っときましょう、あっちは」

と、爽香は言った。

「いいホテルだ」

と、本木はベランダから外を眺めて、暗い湖面に対岸の灯がいくつも映って揺れているのを見ていた。

「ね？　私、ここが好きなの。湖も透き通ってきれいよ」

と、泰子は言った。

風はさすがに冷たい。――本木は部屋へ入って戸を閉めると、

「ここまで付合ってくれてありがとう」

と、泰子の肩に手を置いた。

「今夜だって……。私、明日も本木さんに付合ってもいい」

と、泰子は本木の胸に身をあずけた。

本木はちょっと笑って、

「いやあ、こんなパッとしない中年男が、君のような若い子にそんなことを言われるなんてね。――この一瞬だけでも、生きてたかいがあったよ」

と言った。「さあ、せっかくホテルへ来たんだ。下のラウンジでコーヒーでも飲もう」

「うん！」

と、泰子は肯いて、「アイスクリームでもいいかな」

二人はロビーへ下りて行くと、ガラス張りの広々とした展望が広がるラウンジへ入った。

「コーヒーとバニラアイスクリーム」

と注文して、「どう見ても親子だろうな」

本木はスーツにネクタイという格好だった。

コーヒーとアイスクリームはすぐに出て来て、泰子は早速食べ始めた。

本木はロビーが見える席に座っていたが、コーヒーを一口飲んだとき、ホテルの正面にパトカーが停るのを目にした。駆け込んで来た刑事らしい男たちは、フロントに何か訊いている。

「――ちょっと、トイレに行ってくるよ」

と、本木は立ち上った。

「うん」

泰子はアイスクリームを食べ、付いていたウエハースをかじりながら肯いた。

本木がラウンジを出て行くと、ほとんど入れ違いに、刑事が入って来た。

泰子は、そばにやって来た男たちを見て、表情をこわばらせた。

「蔵本泰子様」

フロントの人間がコードレスの電話を差し出して、「お母様からです」

泰子はハッとして、ロビーの方へ目をやった。本木はいなかった。

「——待って」

と、泰子は言った。「これ、溶けちゃうから、食べるまで待ってと言って」

アイスクリームを食べてしまうと、泰子は電話を受け取った。そこへ、

「連れの男が、つい今しがたそっちのドアから外へ出て行きました！」

と、ボーイが知らせに来る。

「どこに出るんだ、そのドアは？」

「湖の方へ下りて行く道です」

「追いかけろ！」

刑事が二人、駆け出して行った。

「——もしもし」

「泰子、無事なの？」

と、母、明子が言った。

「もちろん無事だよ。自分が来たくて来たんだもの」

「泰子……。本木さんは？」

「一人で——出て行った。湖の方に」

「そう。すぐそっちへ行くから。待っててね」

「明日でいいよ。私、一人でゆっくり眠るから……」

「泰子……」

明子は少しためらってから、「本木さんとどうして……」

「変なこと考えないでね。本木さんは私に何もしてないよ」

「でも——」

「お母さん、分るでしょ、私と本木さんに、共通点があるってこと」

「それは……」

「本木さんは今ごろ、湖に身を投げてるよ」

「何ですって？」

「死にに来たんだ、ここに。私はそれに付合ってあげただけ」

「どういうことなの？」

「本木さん、病気なんだ。でも治療するお金がなくて」

「まあ……」

「苦しい思いをするくらいだったら、自分で死ぬ、って」

「本木さんがそう言ったの？」

「そうだよ」

「でも泰子、本木さんのこととか、誰から聞いたの？」

「充さん」

「沢本充？」

「うん。もちろん、私のことも教えてくれたよ」

少し間があって、

「あなたが寝てても構わない。今夜中にそっちへ行くわ」

と、明子は言った。

決然とした口調だった。

「分った。——早く着いたら、電話して」

泰子は電話を切って、ホテルの人間に渡すと、「ミルクティー、下さい」

と注文した。


「お父さん。——何か話？」

久留由美は、父、小田宅治に呼ばれて、ホテルのバーにやって来た。

「うん……。まあ座れ」

と、小田は言った。

「昼間から飲んでるの？」

由美は、ジンジャーエールを頼んで、「和郎が帰って来るまでに帰らないと」

「分ってる。俺もこれ一杯だ」

小田は淡々と言ってから、「お前、久留を愛してるのか」

と訊いた。

由美は面食らって、

「何よ、いきなり」

「答えろ。あの亭主を愛してるか」

由美は、ジンジャーエールが来ると、一気に半分くらい飲んで、息をついた。

「そりゃあ……新婚時代のように、ってわけにはいかないわ。女ぐせの悪いのは……。でも、和郎の父親だし、別れようとは思わない」

と、由美は言った。「――それに、今度のことで、お父さんにずいぶん迷惑かけたって恐縮してるし。少しはこりたはずよ。私だって、お父さんにあんなことまでさせて申し訳ないと思ってる。――それに、お母さんも何か起ってるって気付いてる。心配してたわ」

「さとが？　そうか」

「それで……何なの？」

小田は上着のポケットから数枚の写真を取り出して、テーブルに投げ出した。

「久留を監視させた。昔から知ってる探偵にな。――その女、浅野みずきの妹の小百合だ」

由美は写真を一枚ずつ手に取って、眺めた。表情が、少しずつこわばって来た。

「——こんな大事なときに。貫井聡子までやってしまって、ここを何とか乗り切らないと、みんな身の破滅だ。そういう時でも、あいつは女に手を出すのをやめられない」

由美の、グラスを持つ手が震えた。

「由美。久留はこの先も変らないぞ。お前に知れないと思えば、次々に女を抱く」

「お父さん……」

「これでも、久留を亭主にしておくのか」

と、小田は淡々と言った。

「でも……和郎がいるわ。私だって生活していかないと」

「金のことだけか」

「今すぐには、答えられない。あの人を許せるかどうか」

「許すかどうか考えるのは、あいつが詫びて来たときだ。そうだろう？」

「ええ……。そうね」

「俺も、もうこれ以上はしてやれん。——このまま、貫井聡子のことが曖昧に終ればいいが、本格的に捜査となったら、警察は馬鹿じゃない。いずれ、久留と貫井聡子の仲をかぎつけるだろう。そのとき、どうするか決めておくことだ」

「どうするか、って?」

「俺はお前のためと思って、貫井聡子をああして黙らせた。だが、この写真を見て、久留のためにあんな危険を冒したことを後悔した。——よく考えてみるんだな」

小田はそう言って、グラスを手にした。由美はしばらく無言で座っていた。小田は、

「帰らなくていいのか。遅くなると和郎が帰って来るんだろ」

と言った。

由美は立ち上ると、

「この写真はお父さんが持ってて」

と言った。「見たくもないわ」

そして由美は足早にバーを出て行った。


昼休みになる少し前、爽香のケータイに、松下自身からかかって来た。

「傷、どうですか?」

と、爽香は訊いた。

「ああ。重傷なんで明日には退院しなきゃならん」

「良かった! 用心して下さいね。警察からは何か言って来ました?」

「ああ。今のああいう若い奴らはだらしがないな! 足首を骨折して、痛くて泣いてい

る間に何でもしゃべっちまったそうだ」

「やっぱり誰かに頼まれて？」

「ああ。女だと言ってた。たぶん――」

「〈カルメン・レミ〉でしょうか」

「話の様子からすると、おそらくな。もちろん、女の名前は知らんし、顔もよく見なかったそうだが、俺の話を聞いた刑事が、パソコンで〈カルメン・レミ〉の動画を見せたら、たぶん、この女だと言った」

「でもなぜ……。今、栗崎様のおっしゃった如月姫香のことを調べてもらっていますが、そこまでやるのは何かよほどの理由があるんでしょうね」

「そうだな、ともかく〈カルメン・レミ〉は今連絡もつかず、居場所も分らないそうだ。お前も用心しろ」

「そうします」

と、爽香は答えて、通話を切った。

昼休みになって、爽香はあやめと二人で、近くのパスタの店に入った。

「――栗崎様にも、誰か付いていてくれた方がいいですね」

と、あやめが言った。

「連絡したわ。プロダクションの若い男性が交替でガードしてくれるはずよ」

「それなら良かったですが……」

爽香としては、松下が狙われたことに責任を感じていた。

スパゲティを食べていると、ケータイが鳴った。店の外へ出て、

「もしもし」

「蔵本明子です」

「その後、どうなりましたか？」

「さっき、湖から本木さんの遺体が上りました」

「そうですか……。泰子さんは大丈夫ですか？」

「口をきこうとしないんですけど……」

「私で何かお役に立てれば」

「いえ、もうこれ以上あなたにご迷惑をかけるわけには……」

と、明子は言ったが、「ただ——もし、お時間をいただけるなら、これから泰子と帰りますので、明日にでも……」

「分りました。都合がつくか分りませんが、ご連絡下さい。できるだけお力になります」

「すみません。——これは家族の問題なんです。でも、家族だけでは、どうしても感情的になりますし、あなたが立ち合って下されば……」

「分ります。できる限り伺うようにします」

ついそう言ってしまう。

爽香は、あやめがからかうような目でこっちを見ているのに気付いていた。


「お疲れさま」

と、邦山みちるが言った。「よく揃って来たわ。この調子で頑張りましょ」

「はい!」

と、一斉に返事をするのも、ハーモニーを奏でている。

コーラスの練習が終って、

「杉原さん、ちょっと残ってくれる?」

瞳はドキリとした。でも、もちろん、そんな様子は見せず、

「はい」

コーラスの練習をしていた小講堂から、瞳はみちると二人で外に出ると、裏手に回った。

「──ね、瞳ちゃん」

と、みちるが言った。「あの水沼君のことだけど……」

「はい」

つい表情が固くなる。それに気付いて、

「知ってるのね、私が彼と寝たこと」

「聞きました」

「——怒ってる？」

「私は別に……。みちるさんが良ければ」

「ね、瞳ちゃんは彼と何でもないの？」

「何とも思ってません」

「そう。でも、彼、言ってたわよ。あなたが許そうとしないから、って。私、あなたの代理なのよ」

「そんなこと……。あの人、そんなこと言ったんですか？」

みちるさんに何てことを！　怒りがこみ上げてくる。愛するみちるへの侮辱だ。

「私、ちゃんと話をします」

「その方がいいわね。やっぱりあの子、軽過ぎて、ずっと付合う気になれない」

「すみません」

「瞳ちゃんが謝ることないわよ」

みちるは瞳の手を取って、「行きましょ」

瞳は胸が熱くなった。——私は何てこの人を愛してるんだろう！

24　一線

「栗崎様はまだTV局に？」

爽香はタクシーから山本しのぶに電話していた。

「ええ。収録が長引いて」

と、しのぶが言った。「つい、今しがた終ったんです。栗崎さんは今、着替えてらっしゃいます」

爽香は少し迷ったが、

「あと五分でTV局に着きます。栗崎様に待っててていただいて」

「分りました」

夜、十時を回っていた。TV局も正面玄関は閉っている。

タクシーを夜間用の出入口へ着けて、爽香は窓口へと急いだ。幸い知っているガードマンで、すぐ中へ入れてくれる。

ええと……。こっちよね。

息を弾ませて、廊下を急ぐ。――迷わずに済んだ。廊下には作業服の清掃の女性が何人かモップを手に、キャスターの付いたゴミ箱を押して歩いていた。

前方のドアから、山本しのぶが出て来た。

「しのぶさん！」

「あ、爽香さん。今、栗崎さんも――」

しのぶの後から、コートをはおった栗崎英子が出て来ると、爽香に手を振った。

「栗崎様――」

「どうしたの、こんなに遅く？」

「実は、さっき松下さんから連絡が。あの〈カルメン・レミ〉ですが、やはり如月姫香の娘のようです。それで、松下さんがプロダクション関係者から聞いたんですが――」

と、爽香が言ったとき、ガチャンと大きな音がした。

振り向くと、キャスターの付いたゴミ箱が引っくり返っていた。チーフらしい女性が、

「何してるのよ！　そっち側を押したら真直ぐ進まないのよ。分ってるでしょ！」

と叱りつけたが、「あなた、いつもの人じゃないわね？」

爽香はハッとした。

「いつもの人じゃない」と言われた女が、爽香たちの方を見た。メガネをかけているが、その顔は〈カルメン・レミ〉だ。

「中へ入って！」

と、爽香は栗崎英子を部屋の中へ押し戻そうとしたが、ドアは閉っている。

女がこっちへ走って来る。メガネを取って投げ捨て、作業服のポケットからナイフを取り出していた。

爽香は英子の前に立ちふさがると、同時に山本しのぶが肩からかけていた、衣裳などの入った大きなバッグをつかんでいた。バッグを両手で奪い取ると、真直ぐに駆けて来る女の前に投げ出した。

女がバッグに足を取られた。肩にかけるベルトに足首が絡まったのだ。女が前のめりに倒れると、手にしたナイフが滑って来た。爽香はナイフを力一杯遠くへ蹴った。

女が起き上ろうとして、また膝をついた。そこへ、近くにいたガードマンが走って来て、女を後ろから羽交いじめにする。

「しのぶさん！　栗崎様を早く！」

と、爽香は押しやった。

「誰か来て！」

という、清掃係のチーフの女性の叫びを聞いて、番組スタッフが何人も駆けつけて来る。

「一一〇番して下さい！」

と、爽香は大声で言ってから、ホッとして力が抜け、廊下に座り込んでしまった。

「――どういうことなの？」

逃げようとしないで、栗崎英子はその場に残っていた。「あの女は――」

「松下さんが言ってました。当時のスタッフの間で、如月姫香の若さを面白く思っていなかった大スターが、彼女を追い出したんだという噂があったと。それが栗崎様だったと言われていたそうです」

爽香の言葉に、英子が啞然として、

「初耳だわ！　大体、ろくに会ったこともない」

「でも、噂はそうなってたんです」

「じゃあ……あの女は私を狙ってたの？」

「え？」

「てっきり、あんたを狙ってるんだと思ってた」

爽香は啞然として、

「いえ、それは……。私を狙うんだったら、あんな格好して、TV局に入って来たりしないでしょう」

「あ、そうか。――あんた、少し頭が良くなったじゃない」

「どうも……」

爽香は、呑気な栗崎英子に苦笑するばかりだった。

もちろん、〈カルメン・レミ〉にどんな事情があったのか、それはこれから詳しく訊かなければならない。ともかく、栗崎英子を守れて良かった！

やっと立ち上った爽香は、

「あなたのバッグ、大丈夫だったかしら」

と、山本しのぶに言った。


その翌日、爽香は〈M地所〉の社長室にいた。蔵本正一郎に呼ばれたのである。

「——あなた」

ドアが開いて、明子が入って来た。泰子もついて来ている。

「帰ったのか」

と、蔵本正一郎は立ったまま言った。「ともかく座れ。——ああ、お前もな」

少し遅れて入って来たのは沢本充だった。

爽香としては、蔵本家の内輪の話に係りたくなかったのだが、明子からも頼まれているので、仕方ない。

ソファに座ると、正一郎は、

「泰子。——どうしたというんだ」

「〈ボブ〉は死んだわ」

と、泰子は言った。

「何だって？」

「私は本木さんのこと、〈ボブ〉って呼んでた。どうしてか分る？　あの人が自分で言ったのよ。〈ボブ〉って、お祖父さんが飼ってた犬の名前ですってね」

「〈ボブ〉か。――そういえば、そんな犬がいたな」

「本木さんはお祖父さんの子なのに、飼犬ほどにも扱ってもらえなかった。だからわざと自分を〈ボブ〉って呼んだのよ」

「まあ待て。本木が本当に親父の子かどうか確かめたわけじゃあるまい」

「この人が教えてくれたわ」

泰子は沢本充の方を向いて言った。「ついでに私のこともね」

「お前のこととは何だ？」

「私がお父さんの子じゃないってこと」

しばらく沈黙があった。

「あなた――」

と、明子が口を開いたが、正一郎は、

「どうしてそんなでたらめを教えた」

と、充をにらみつけて言った。

「本当のことじゃないですか」

と、充は言った。「僕は、蔵本家の担当医から聞いた。本木のことだって――」

「なぜわざわざそんなことを教えたんだ？」

「そりゃあ……僕だって蔵本正史の子なのに、お手伝いの女に産ませた子だからって、認めてくれなかったからさ」

充はふてくされたように、「お袋はどこでどうして死んだのか――」

「お前を産んだときに、お産が重くて死んだのだ」

と、正一郎は言った。「だから親父はお前の面倒をみることにしたんだ」

「そうか。――だからって、感謝しろって言うのか？　当り前のことじゃないか！」

充は言い返すと、「泰子に本当のことを教えて、家庭がもめるのを見たかったんだ」

「どんな事情があっても」

と、明子が言った。「あなたが遊んで暮していいってことにはならないでしょ」

充がプイと横を向いた。爽香は咳払いして、

「充さんは蔵本家を出て、自活されるべきですね。自分を不幸だと憐れんでみても、何一ついいことはありませんよ」

「その通りだわ」

「じゃ、私も出て行くべきなの？」

と、泰子が叫ぶように言った。

「出て行くなら私も一緒に」

と、明子は言った。「あなた……」

「分ってる」

と、正一郎は肯いた。「知っていた。血液型で分っていた。しかし泰子、悪いのは母さんじゃない。俺は強引に明子を自分のものにした。そのことはずっと悪かったと思っている」

意外な言葉だったのだろう。誰もが黙ってしまった。

そのとき、ドアが開いて、秘書の女性が入って来た。

「邪魔するなと言ったろう！」

「ですが社長、下のロビーで騒ぎが」

「何だと？」

「〈Mパラダイス〉の久留さんが逮捕されたんです、ロビーで」

爽香は立ち上って、

「私が行きます。皆さんはここで」

と駆け出した。

「俺じゃない！　俺は殺したりしてない！」

ロビーに久留の声が響き渡っていた。「俺の無実は小田さんが保証してくれる！知ってるだろ？　元警視正の小田さんだ。小田さんが俺のアリバイの証人だ！」

久留を取り囲んでいる刑事たちは当惑している様子だった。

そこへ、小田と由美がやって来た。

「小田さん！　良かった、来てくれて」

久留が勝ち誇ったように言った。「由美、お前だって分ってるよな」

「小田さん、どうもわざわざ――」

と、刑事の一人が会釈した。「殺害された貫井聡子という女性が、この久留と関係があると分りましたので……」

「お義父さん、言ってやって下さい。僕にはアリバイがあるんだって！」

小田は無表情に久留を見ていたが、由美の方へ目をやった。由美は青ざめていた。

「和郎が……」

「うん。――この男の言うことは本当だ。私が証言する」

と、小田が言って、久留は声を上げて笑った。

「見ろ！　言った通りだろう」

「嘘よ！」

そこへ鋭い叫び声がした。「貫井さんを、小田と久留、二人で殺したのよ！」

ロビーへ入って来たのは、浅野小百合だった。

「何を言うの！」

由美が小百合へつかみかかった。——ロビーは大騒ぎになった。

爽香には、小百合の言うことが本当だろうと思えた。そのとき、意外な顔が表に見えて、爽香は急いで外へ出た。

「明男。——瞳ちゃん、どうしたの？」

明男が、涙ぐんでいる瞳を連れて立っていたのだ。

「お前がここだって聞いてな」

「瞳ちゃんを泣かしたの？」

「違うよ。お前の実家に用があって行ったら、表で瞳ちゃんが男の子と言い合ってた」

「男の子って……」

「その男の子を、これで刺そうとした」

明男が小型のナイフを爽香に渡した。「危いところで止めたけどな。男の子は飛んで逃げてった」

「瞳ちゃん……」

「あいつ……みちるさんを汚したの！」

と、瞳は声を震わせた。

――事情を聞いて、爽香は肯くと、

「そういう男の子でも、傷つければ罪になるのよ。みちるさんって先輩を大事に思うのなら、そんなことしちゃだめ」

「そうさ。刑務所行きは俺一人で沢山だ」

と、明男が言うと、瞳は涙を拭って、

「ええ……。あのときはカッとなってた。もう大丈夫」

と肯いた。「おばちゃん。――私、みちるさんのこと、本当に好きなの。ずっと、男の子に関心持てなかった。私って、おかしいの？」

「そんなことないわ。もう十六だものね。自分の気持は分るでしょ。――もし、女の子のことが好きなのなら、それはそれでいいのよ。自分の気持に素直になれば」

瞳はホッとしたように微笑んで、

「おばちゃんにそう言ってもらえると安心する！」

「中がいやに騒がしいな」

と、明男が言うと、爽香はちょっとロビーの方を見てから、

「ええ。――もう私は必要ないわ。瞳ちゃん、一緒にお昼、食べてこうか」

「うん！」

その声は若々しかった。

「俺も付合っていいか」

「おごらせてやる」

と、爽香は笑って言った。

瞳を挟んで、爽香と明男は歩き出した。

その瞬間、明男は通りの向いに、栗色のスカーフをはためかせて、立っている女の姿を目にしていた。

解説

榮谷明子（さかえだにあきこ）
（開発コミュニケーション専門家）

赤川次郎氏が二十八歳のときに小説家デビューしてから今年でちょうど四十年。これまで六百冊近くの作品を発表している中で、杉原爽香（すぎはらさやか）シリーズは三毛猫ホームズや吸血鬼シリーズに次ぐ作品数を誇っています。文庫本で年に一回、爽香の活躍を楽しみにしている人も多いでしょう。でも考えてみたら、掲載誌の連載は前の本が出た後も毎月、切れ目なく進んでいる——つまり書くほうは三十年近くも毎月、毎月書き続けているんですね。すごいな。

このシリーズは登場人物が著者や読者と同じように年齢を重ねていくのも面白いところ。一冊目の本で十五歳だった主人公杉原爽香は、四十三歳になりました。著者にとっては、二十八年間育ててきた娘のような存在でしょうか。ティーンエイジャーのころはその早熟な責任感のために大人の世界へ足を踏み入れて、危険を顧（かえり）みない行動が目立った爽香ですが、二十歳前に「私も、若いころは、怖いもの知らずだったもんね」（『琥珀色（こはくいろ）のダイアリー』）などと少し内省的になったようすを見せました。社会人になってからは爽香に信頼を寄せる人の輪が生まれ「私は支えられている」（『菫色のハンドバッグ』）「私は人に生かされてるの。感謝しなきゃいけない人が大勢いる」（『新緑色のスクールバス』）と人との絆を強く感じていることが分かります。この本では「私だって、本当に危いときは逃げるわよ、命が惜しいもの。珠実ちゃんもいる。まだ当分死ねないわ」と母親としての責任感を語る場面がありました。娘の珠実ちゃんは今年、七歳。十一月には七五三のお祝いをするようです。

前作『えんじ色のカーテン』から続けて登場する人物がいますので、少しだけ説明しておきましょう。爽香の夫の明男は三年前に足を骨折してから小学校のスクールバスの運転手をしています。その学校の生徒の母親で明男に思いを寄せているのが大宅栄子。タイトルにもなっている栗色のスカーフはこの栄子のもちものです。ちなみに栗色というのは栗の外皮の色で濃い目の茶色なのだとか。

それから、淡口かんなというのは前作で学校をさぼっていた中学生の女の子。社会人との交際が問題となったかんなを、爽香は社員旅行に同行させました。「責任感のある大人がどういうものか、見てほしい」「十代をどう生きればいいか。大人の社会ってどんなものなのか。旅行に行くことで、学んでほしい」という思いで。

この『栗色のスカーフ』は事件に巻き込まれたところを爽香と仲間たちに助けられたかんなが、高校留学のためドイツに旅立っていく場面から始まります。そういえば、

『萌黄色のハンカチーフ』で爽香が初めてヨーロッパを旅行して以来、ハンガリー人のミロスが登場したり、この本でも爽香をモデルにして描かれた裸体画の複製がニューヨークで大変評判になっているとか、仕事先のMパラダイスで運ばれてきたコーヒーがルワンダの豆だとか、ずいぶんと国際色豊かですね。

話がそれてしまいました。今回の事件ですが、爽香の取引先に勤める久留が部下の聡子を妊娠させてしまい、話し合っているところに元カノの浅野みずきが手にナイフを持って現れます。目の前でみずきが自殺してしまい、久留は妻の由美に相談。由美の父親で元警視正だった小田宅治が二つの選択肢を示すことから事件が展開していきます。

一方、M地所の有本縁から爽香に「会長の蔵本正史が亡くなった」と連絡がきます。爽香が勤めるG興産は、M地所のプロジェクトの一部を担当しているのです。リーダーの交代によりプロジェクトが見直されるようなことがあると仕事が大幅に削られる可能性も……。社長の田端に相談して弔問に行くことになった爽香。「車で送ろうか」という明男に、そうしてくれたらうれしいと思いつつ「しかしそう甘えてはいられない」とちょっと強がってタクシーに乗る爽香なのでした。弔問に行った先では蔵本家の母娘、両方から相談をもちかけられます。初対面で人生相談なんてどうなってるんでしょう。どこに行っても頼りにされるのは相変わらずですね。

ちなみにこの本を単独で読んでも十分に楽しめますが、お時間があれば前作『えんじ色のカーテン』を読んでからがおススメです。文庫に同時収録されている「赤いランドセル」では、爽香と〈殺し屋〉中川満との初めての出会いの場面が明かされます。杉原爽香シリーズをこれまで読んできて「爽香って中川満のなに？」と疑問に思っている方はぜひ手に取ってみてください。

話は変わりますが、コミュニケーションの理論に、「エジュテイメント」という言葉があります。エジュケーションとエンターテイメントを組み合わせた言葉で、効果的に教育するには楽しく教えようという考え方です。たとえば小さな子どもに「お友達と仲良くしましょう」というメッセージを伝えるのにキャラクターを使ったテレビ番組を作ったり、若者に対しては青春もののドラマを制作したりして、感覚的に受け入れやすい形で教育メッセージを送り届けるのです。

これまで誰にも言ったことはありませんが、赤川氏の著作、中でも特に杉原爽香シリーズはエジュテイメントの一つだというのが私の持論です。若いころに「文学は面白くってもいいんだ」と気づいたという著者は、古今東西のエンターテイメントにその手法のヒントを求め、幼いころから親しんだ映画をはじめ、ドイツ文学、オペラ、文楽、歌舞伎、そして落語などに幅広く接しました。そこには、読者に伝わってこそ文章には価値があるのだという強い思いを感じます。赤川氏の著書は青春もの、推理もの、子ども向けなど本によって登場人物や話の運びが大きく変わりますが、それは本を手に取る読者に合わせて書きわけているから。伝わっているか？　という点を大切にしたコミュニケーションをする人なのだなと思います。

たとえば「ひとは誰もが一生懸命に生きていて、ひとりひとりのストーリーに語るべき価値があるんだ」とか、「完全な悪人なんていないんだ」とか、そのまま教科書に文字で書いたらきっと味気ない標語になってしまうでしょう。でもこれって、じつは大切なこと。赤川氏は、そういう難しい題材を具体的な場面の中に置かれた登場人物たちの視点から言葉と行動で示していきます。そこには著者その人が、人生を奥深く理解しようとする誠実な目を日常的に行使し、醜い行動にも目をそらさずに、その人の置かれた立場や、その後ろにある人間の本性を温かい目で見ようとする姿勢があると思います。そう、学校では教えてくれない教育的なエンターテイメントを追求するのが仕事人赤川次郎なんですね。そのためには文字の世界に映像的な描写や聴覚の手法も総動員する手の込みよう。なかなか真似できない赤川氏の強みをひとことで表現するならエジュテイメントの達人なのではないでしょうか。

都市化が進む前の日本は親戚や近所づきあいが密で、貧しさゆえに起こる問題もあれば助け合いもあって、子どものころからいろんな大人に接して、社会のことを学ぶ機会がありました。都市化や核家族化が進んだ社会では人間関係のいざこざが減って快適になったけれど、へんなことを言う大人に会って困惑する経験とか、責任感のある大人がそれに対応する様子を観察する機会がないままに育つから、社会人になってからびっくりしてしまうようです。考え方が全く違う人に出会うと、あんなヤツ顔も見たくないなんて思考停止してしまったりして。相手と向き合って解決の道を探すために必要なスキル——相手の立場を想像する力だとか、新しい考え方を創造して相手を説得する力——がちょっと弱いかもしれません。また、社員に効率ばかりを求める会社では、人間関係が薄くなりがちです。先輩に根気よく指導してもらったり、持ちつ持たれつしながら助け合う呼吸を覚えたり、どっぷりお互いの仕事にからんで異なる考え方をすりあわせる経験は、人の成長にとって貴重ですよね。このあたり、赤川氏自身は、新人賞をとったばかりの若いころはずいぶんとベテランの編集者に育ててもらったと回想しています（『大人なんかこわくない』）。

大家族だとかご近所さんだとか、いろんな大人から人間の見方や気持ちの持ち方を習う機会が減ってしまった今の社会には、赤川氏のようなエジュテイメント作家が必要とされていると言って間違いないでしょう。今後ともご健筆をお祈りしています。

初出
「女性自身」（光文社）
二〇一五年　一〇月二〇日号、一一月一七日号、一二月一五日号
二〇一六年　一月二六日号、三月一日号、三月二二日号、四月二六日号、五月二四日号、六月二一日号、八月九日号、九月六日号、九月二〇日号

光文社文庫

文庫オリジナル／長編青春ミステリー

栗色のスカーフ

著者　赤川次郎

2016年9月20日　初版1刷発行

発行者　鈴木広和
印刷　萩原印刷
製本　ナショナル製本

発行所　株式会社 光文社
〒112-8011　東京都文京区音羽1-16-6
電話 (03)5395-8149　編集部
8116　書籍販売部
8125　業務部

ISBN978-4-334-77345-8　Printed in Japan

組版　萩原印刷